執筆中につき後宮ではお静かに
愛書妃の朱国宮廷抄

田井ノエル

ポプラ文庫ピュアフル

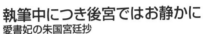

目次

執筆中につき
後宮ではお静かに
～愛書妃の朱国宮廷抄～
田井ノエル

第一幕　後宮の奇妃《かわりもの》

一

翔青楓《しょうせいふう》は、目の前に座った両親へ向けて、深々と頭をさげた。

「お世話になりました」

よどみなく言った青楓に、両親は目を伏せていた。

もうしわけない。そんな感情が読みとれる。

「本当に、いいのかい？」

「はい、これも家のため。そして、朱国《しゅこく》のためでございます」

朱国は広大な土地を支配する大帝国である。

ことに都・栄陽《えいよう》は豊かで、人民は皆恵まれていた。その証拠に、現在の朱国は西域《さいいき》文化を積極的に取り入れ、急成長している最中だ。

朱国の中心たる朱宮は、国内の贅《ぜい》をあつめた楽園であった。

金や銀、宝飾品といった財宝もさることながら、とくに後宮には、国内全土からまねいた美女を住まわせていた。妃嬪《ひひん》だけではなく、それに仕える侍女や宮女をあわせると実に三千人以上の女がいる。

そこにあるのは「女の園」などという生ぬるいものではない。欲望と権力の渦巻く、戦場である。

しかしながら、後宮にあつまる女は自ら志願する者ばかりではない。

借金のかたに売られる者や、人さらいに遭い、無理やり連れてこられる者までいた。それだけのことをして、後宮という場所はつくられている。

そんな後宮に入れる男はただ一人。

皇帝、その人のみである。

寵愛を得るのは生半可ではない。

それを理解していない女は、いないだろう。

現在の皇帝が即位して、四年が経とうとしている。後宮では妃嬪たちの権力争いが繰り広げられ、人員の入れ替わりが激しい。常に美女を探している状態であった。

「この青楓、後宮へあがり……これからは、皇帝陛下のお役に立ちます」

翔青楓という女性も、後宮へあがる妃の一人として選ばれたのだ。

翔家は貴族とは名ばかりの貧しさである。

膨れあがった借金にこまっていたところへ、後宮勤めをする宦官《かんがん》より誘いを受けたのだ。

後宮の妃嬪になれば充分な報奨金が支払われ、翔家の借金などすぐに返済できる。給金も支払われ、実家への仕送りも可能だった。

言ってしまえば、娘を金で売るのだ。

両親には後ろめたさがあった。

「ご安心ください」

だが……このとき、青楓の両親は彼女がこのような、にこやかな顔をするところを初めて見たであろう。

齢二十六の行き遅れになるまで、青楓には色恋の気配が一つもなかった。おどろくほどに、まったく。

身なりを整えれば、母親ゆずりの「美女」ではある。

けれども、普段は長い髪を結うこともしない。はっきりとした言い方をすれば散らかし連日、なんの役に立つのかわからない書物を大量に読みあさっているせいで、目の下には常に濃い隈《くま》ができていた。

いつも、つまらなそうに、なにごとにも俯瞰《ふかん》した物言いで相手を論破しようとするため、顔立ちのよさに反して、かわいげを一切感じない。

貧しいとは言え、翔家は貴族。その娘にしては、いささか無精者と言える。

書物の虫で、他への関心が薄いため、ついた仇名《あだな》は「愛書娘」であった。

そんな娘が、このときはどうだろう。

「青楓は、幸せにございます。どうか、そのような顔をなさらないでください」

青楓の黒くてしなやかな髪は整えられ、髷《まげ》には簪《かんざし》が挿さっている。よそゆきの襦裙《じゅくん》を着こなす背筋は伸びており、堂々としていた。いつもの隈は白粉でかくされ、唇は形よく弧を描いている。書物を読むときに使用する片眼鏡も、見当たらない。

そこにいるのは、後宮に相応しい「美女」ではないか。

これから後宮へ向かう青楓は、いつもとは別人のようであった。

「青楓、達者でね……」

最初に後宮からお呼びがかかったのは、青楓の妹であった。

しかし、そこは美しい姉妹愛かな。青楓は、妹の代わりに自らが後宮へあがると言ったのである。

そのために、身なりを整えているのだ。妃の人数さえあつまればよいと考えていた宦官は、妹の代わりの美女として青楓を連れていくと言ってくれた。自分の身代わりに姉を差し出した妹は、後ろめたさで泣いて部屋から出てこない。

「はい。お二人も、お達者で」

母が泣き崩れた。父も声には出さないが、娘との別れを惜しんでいるようだ。

愛憎渦巻く後宮へ売られる娘は、このあと、どのような人生を送るのだろう――。

青楓だけが、おだやかな笑みを浮かべている。

その光景は、両親を心配させまいと笑う健気な娘のそれであった。

斯《か》くして、のちに「愛書妃」と呼ばれる奇人が後宮へあがったのである。

＊＊＊

皇帝・朱紅劉《しゅこうりゅう》の治世に入って、早五年が経とうとしていた。

そして、翔青楓が入宮して一年である。

「娘娘《ニャンニャン》」

香《こう》の匂いがした。

侍女の桃花《タオファ》が焚いてくれたものであると、青楓はおぼろげに考える。

毎朝毎朝、働き者の侍女だ。

「娘娘、お目覚めですか？」

まだ頭が冴えないが、桃花のために起きるとしよう。きっと、いつものように、あたたかい茶を淹れて朝餉の用意をしてくれている。

「おはようございます、桃花」

「はい。おはようございます、娘娘」

目を開けると、うれしそうに笑う幼顔があった。

桃花の年齢は青楓とさほど変わらないはずだが、十も十五も離れているように見える。包子《パオズ》のようにふっくらと、白桃のように瑞々しい頬がかわいらしい。

もっとも、「可愛《かわいい》」などと本人に伝えると、荒れ狂ったように、へそを曲げてしまう。そこがまた愛らしいのだけれど。

手早く寝衣を脱いで、襦裙に袖を通す。あまり華美な装飾などない、地味な青色だ。うるさい柄物を青楓はあまり好まなかった。

それでも桃花は、青楓の着物を整え、髪をとかしてくれる。この侍女は、青楓の身なりを正すのが好きなのだ。さすがに、化粧は断わっておく。白粉は苦手だ。

「今日の朝餉は、なんでしょう？」

「本日は娘娘がお好きな干し海老の粥ですよ」

「まあ、それは早起きした甲斐がありま――」

献立を確認して笑う青楓の声をかき消すように、どこからともなく怒声が聞こえた。その内容を聞き取って、青楓は「気のせいということにしましょう」と、咳払いする。

「翔妃《しょうひ》！　翔妃！　翔妃は起きておられますか！」

「……早起きしないほうが、よかったかもしれません」

ここは後宮。入宮したときから青楓は、たいていの場合「翔妃」と呼ばれていた。下級妃嬪は、だれもが家名で呼ばれている。家柄がよかったり、皇帝に気に入られたりすれば、位が与えられ、呼び方が変わる仕組みだ。

あまり自分の名という実感がない。だが、慣れてはいる。

「翔妃！」

ほどなくして、青楓の部屋の戸を叩く音がする。叩くというよりも、殴りつけている。後宮の扉を壊すつもりだろうか。迷惑な話だ。

「翔妃！　起きておられるのでしょう！」

梁紫珊《りょうしさん》である。後宮で青楓を世話している女官だ。

青楓が目配せすると桃花は息をつく。

「桃花は朝儀には出ていただきたいのですが……娘娘は美しいと、みなに見せたいのです」

「いいえ、出ません」

青楓が頑ななので、桃花が折れる。そして、渋々と対応してくれた。

「娘娘はただいま、おやすみです。頭痛がひどく、吐き気をもよおしています。近ごろ、後宮をさわがせている呪詛がかけられているのかもしれません。お会いにならないほうが、よいと思いますよ」

「嘘をつかないでください！　海老の匂いがしております。今日こそは……今日こそは、真面目につとめていただきます！」

「鼻がいいこと……」

ああ、甲高くて耳が痛い。

青楓は外で騒ぐ女官の言葉を聞き流し、桃花の淹れた茶をたしなむ。

そんな青楓の姿を想像しているのか、紫珊は扉の向こうで泣き言を垂れはじめた。

「嗚呼、嗚呼……どうして、こんな……貧乏くじです！　身だしなみは整えず、毎日毎日、部屋にこもるばかりの奇人の世話など……大家《ターチャ》の気を惹こうとも努力されない！　あなたには、向上心の欠片も見当たらない！」

　紫珊が本気で嘆いていても、青楓にはまったく響かなかった。毎朝の恒例行事だ。

　それでも、少しばかり、ほんの少しばかり不憫だったので、扉越しに青楓は女官へ語りかけることにした。

　扉についた小窓を開ける。

「紫珊の言っていることは、わかりますとも。ここは後宮。美女が集い、国の頂点たる大家の寵愛を受け、子を成すのが目的の場所……しかしながら、後宮には三千人を超える美女がおります。その中で目立つのは、大変困難なのです。私は所詮、下級貴族の出身。朝儀に出席したところで、一番うしろの列にございます。自己研鑽に勤しんでも無謀。おわかりになりますか？　無駄な努力はしないに限るのです。人の生は有限です。であれば、私は有効に活用しとうございます」

　青楓があまりに淡々と述べるので、紫珊が黙りこくってしまう。口を半開きにし、扉のほうを見ていた。

「私は自分にしかできない業《わざ》を磨いているのです」

「業、ですか？」

「筆により人民に娯楽を与え、和を保つための業でございます。つまり、それは文筆。この後宮ならば、時間を有効に活用できます。私はその時間を使って、小説を書いているのです。ただいま執筆中の作品は、傑作まちがいなしの超大作でございます。朱国の文化に貢献するのですよ。これをもって、大家の心を射止めて見せましょう」

小窓からのぞくと、紫珊が前のめりになっている。

青楓は気分をよくしながらつづきを語った。

「この超大作が貸本屋に採用され、人民に広く知れ渡った暁には、翔青楓は売れっ子作家となるわけです。そうなれば、必ず大家も興味を持つことでしょう。目立つかどうかわからない美を競うよりも、よほど建設的な方法かと、愚考いたします」

「な、なるほど……？　いいえしかし、それはそれ――」

「物語のはじまりは、こうです。很久很久以前《むかしむかし》、ある荒野に捨てられた赤子がおりました。このままでは野垂れ死んでしまう赤子を拾ったのは、一匹の狼でございます。狼は赤子を大事に持ち帰り……自分の子供に喰わせました」

「翔妃、よろしいでしょうか。それでは、赤子がかわいそうではありませんか……」

紫珊の反応は青楓の想定内であった。

読者の感情を予測しながら書くのは、作家としての基本だ。

「やがて、狼は遊牧民の羊を襲い――返り討ちに遭って死にました。これは、その遊牧民の集落で育った娘の物語です。ああ、もちろん、狼は調理されて美味しく食べられました」

「ど、どうして、そうなってしまうのです。最初の赤子と狼のくだりは、なんだったのですか!?　早く主人公を登場させてはどうなのですか！」

「自然界とは非情なのですよ、紫珊。常に読者の予想を裏切るのが真の作家でございます。どうですか？　あっと驚く冒頭でしょう？」

「そのようなくだらない小説で、大家に見初《みそ》められるわけがありません！」

「はあ……これだから」

　文学が理解できないなんて、かわいそうな人。これは出世しない人間だ。

「だいたい、朝儀は義務でございます。後宮の妃である以上は、出ていただかなくては、こまります」

「私、妹の身代わりで後宮へ入りましたもの……少しの自由くらいゆるしてくださいませ」

「それは……わたくしにも、妹がおりますので同情しますが……それと、これとは……！」

　さて、朝餉のつづきを摂ろう。

　青楓は扉の向こうでさえずる女官をいっそう不憫に思いながら、小窓を閉めた。

「桃花、食べましょうか」

「はい、娘娘」

　翔青楓は金で後宮に売られたが、自分の境遇について、まったく悲観していなかった。

　青楓が自分で述べたように、後宮には美女がひしめきあっている。そのような場所で、いくら目立とうとしたところで無意味であった。皇帝の寵愛を受ける妃など、一握りもいない。多くは、存在すら認知されず、無為に一生を過ごす。下級妃嬪など人数あわせだ。

では、青楓は紫珊に述べたように、小説で皇帝の気を惹こうとしているのか——これは、残念ながら、紫珊に向けた都合のいい方便である。

青楓に皇帝の寵愛を得ようという気はなかった。

翔青楓には、大きな夢がある。

豊かで恵まれた朱国は文学も盛んだ。ことに、現皇帝の治世に入ってからは、西域からの流通品も増え、歴史上、最も文化が栄えようとしている。識字率があがり、庶民の間でも読める書物をあつかう場として、貸本屋が急速な流行を見せていた。

そこに原稿を送り、作家として活躍するのは一部の天才。文化人としての誉れである。

青楓は自分の小説を貸本屋に並べることを目標としていた。

けれども、青楓の家は貴族とは名ばかりの貧しさだ。

家では兄弟が多くて執筆がはかどらない。おまけに、紙は高価でたくさん使えなかった。さらには、資料である書物を買う金さえ惜しい。贅沢は敵である。西域で開発されたという活版印刷が普及すれば、もっと書物が安くなるはずだが……残念ながら、もう少し先の話だろう。

後宮という場所は、青楓にとって理想の環境であった。

妃嬪たちには、個室が与えられる。騒ぐ者も女官の紫珊くらいで、基本的には静かだ。そして、実家に仕送りしても余るほどの給金が支払われた。

お金を気にせず、好きな書物が買える。

青楓が求める「智」を、享受できるのだ。

なによりも。

皇帝に見初められる事故さえなければ、隅の個室で静かで有意義な暮らしができる。なにもしなくとも給金が支払われ、有り余る時間をすべて読書と小説の執筆にあてられるのだ。

このような理想の環境、他にありはしない。

青楓は妹の代わりに売られた身だが、逆に感謝したいくらいだ。

小説以外に、なんの取り柄もないと自負している青楓だったが、後宮に入れる程度に容姿が整っていてよかった。両親に感謝しなくては。

家にとっても、借金を返せるうえに、青楓のような年増の行き遅れを厄介払いできたのだ。だれもが得をする最高の話である。

「翔妃！　翔妃！　朝儀くらいは、出てください！　大家にお目見えする貴重な機会なのですよ！」

蝶番が壊れるほど扉を殴りつける紫珊の声を無視して、青楓は席につく。几《つくえ》には、すでに桃花が美味しい粥を並べてくれていた。

「朝儀と言っても、豆粒程度の大家を遠くからながめるだけではありませんか。ここには、大勢の美女がいるのですから、私が欠席しても問題ありません。病欠いたします」

青楓はこともなげに、至極健康的な笑みで言ってやるのだった。

かたわらに置いた片眼鏡をつける。西域から来た商人が売っていた、めずらしい品だ。なけなしの手持ちで買って以来、ずっと愛用している。

桃花の用意した粥を食《は》みながら、左手で書物をめくった。

これが青楓の日課である。

二

昼間から静かな後宮ではあるが、夜になるといっそう静まりかえる。

妃が住まう宮に、宦官たちが吊り灯籠に灯をともす。それは、青楓の個室がある瑞花宮《ずいかぐう》も同じであった。青楓のような下級妃嬪が集められた宮なのだが、それでも、造りは「華美」である。

翔家をはじめとした下級貴族は、貴族とは名ばかりだ。ほとんど、庶民と変わらない生活を営んでいる。

青楓が住んでいた屋敷は大きいばかりで手入れが行き届かず、荒れていた。狭い居住域に兄弟たちがひしめいて、青楓はその世話に手を焼く日々であった。大きく育ったと思えば、次の子ができて……もう少し、計画的に子を産んでほしいと、青楓はいつも両親に文句を述べていた。

産むは易いが、養うのは大変である。

青楓としては、一生分の子育てを経験した気分であるからに、いまさら、自分の子がほしいという願望もない。

そんな実家に育ったせいか、一年経ったいまでも、後宮の夜は寂しすぎると思う瞬間がある。

「幽鬼だとか、呪詛だとか、くだらない噂が立つ理由もわかります」

暗くて静かな庭を進みながら、青楓は嘆息した。

灯りを持った桃花が、こちらをふり返る。

「娘娘は、幽鬼や呪詛などないとおっしゃるのですか？　桃花、呪い殺されたという趙華《ちようか》妃《ひ》の噂を聞いて、身の毛がよだちました」

桃花の顔には、「怖い」と書かれていた。彼女も、青楓と同じように翔家に慣れ親しんでいるので、この静寂が落ち着かないのであろう。

そういえば、少し前に上級妃嬪の一人が不審死を遂げたらしい。よくわからない妄言を吐きながら、死んでいったという。そのせいで、後宮では、呪詛の類ではないかと、ささやかれていた。

「いないとは、断じません。しかし、おそらくは半分くらい、ただの噂だろうと思っていますよ」

「半分は本当だと思っているのですね……」

「いれば見てみたいと思っているだけです……私は実際に見ていないので題材にしませんが、幽鬼や妖魔の類は、非常に小説向きのおもしろい設定なのです。そういう意味では、後宮の生活も大変に興味深いですね」

「そうなのですか？　桃花は、字が読めませんので小説はわかりませんが……」

桃花はそう言いながら、青楓の足元を照らしてくれる。小石が落ちていた。主がつまずいてはならないという配慮である。

こうして普通に笑っているが、桃花はもともと、奴隷の身分であった。

隣国、金《きん》との戦いの際に戦争孤児となり、売られたのだという。農村で強制労働を強いられていた。

肺を患い、捨てられ放浪しているところを青楓が拾ったのである。

「桃花は、娘娘に救われました」

「おおげさです……私は、書物に書かれたことが本当か、試したかっただけなのですから」

「娘娘は聡明で慈悲深い」

「褒めすぎです」

そのころ、青楓は薬師《くすし》の小説を書こうとしており、書物で知識をたくわえていた。そこに、ちょうど見たような症状の桃花が倒れていたのだ。

いろいろと試して、実用性を検証したかった。小説を書くからには、いい加減な知識ではいけない。

その後、給金も払えない青楓に、桃花は勝手に尽くしてくれている。それだけであった。

無論、いまは後宮から支給された給金の一部を払っている。いままでの恩返しも込みだと考えると、安いくらいだった。

「それでも、桃花は感謝しています」

金国は今代の皇帝・紅劉の治世になって、ようやく和平が結ばれたが、元は敵国だ。金国の民に対する風当たりは、いまだに強い。桃花も普段は金国出身であると露見せぬよう、灰色っぽい髪を黒く染めていた。

桃花を見ていると、青楓は現皇帝が踏み切った和平は正しかったと思う。これから、両国の関係が改善されることを祈るばかりだ。

巷《ちまた》では、勝利確実と言われていた戦争をやめ、和平を結んだ皇帝を非難する声もある。即位の際に、権力を削がれた貴族も多くいたようだ。

しかし、青楓はその批判は浅はかだと思う。

戦争は長引けば金がかかる。国庫を圧迫し、やがて、文化の停滞をまねくのだ。早期に終結させるという判断は正しい。

実際、現皇帝が即位してから五年の治世は安定しており、文化の発展が顕著である。貸本屋も増えたので、青楓としては万々歳だ。先進的な西域諸国に後れをとらないためには、隣国と連携する外交は、よい選択だ。

そういえば、後宮にも金国からきた妃嬪がいる。

金恵妃《きんけいひ》として上級妃嬪の位を与えられていた。皇帝が彼女との子を成せば、両国の関係は強固になるだろう。皇帝もそのあたりを計算しているのか、それとも、単に妃が好みなのか、ずいぶんとお通りが多いらしい。

よろしいことだ。上級妃嬪に夢中になってくれれば、それだけ、青楓が見初められる確率は低くなる。

「感謝するのは、私のほうです。いま書いている新作は、なんと言っても桃花が原型なのですから。あなたの意見は参考になります」

奴隷だった遊牧民族の少女が荒野を駆ける冒険活劇である。

現在、すでに百余頁にわたって、荒野の厳しさを描いたところだ。満を持して、主人公が登場する。桃花は文字が読めないのでわからないかもしれないが、確実に読者が盛りあがる場面の一つだろう。

「きっと、私と桃花が出会うのは宿命だったのです。それは、今回の活劇、そして、作家・翔青楓を世に知らしめる作品にせよという天啓にちがいありません。今作は渾身の超大作……桃花、楽しみにしていなさい。原稿料でなんでも買ってあげます」

「まあ、娘娘はお優しい！　桃花、羊がほしいです」

「羊ですね……見たことはないけれど、書物で読みました。まかせなさい」

羊は金国に多い動物だ。書物によると、雲のように、もこもことした見目なのだとか。

「めぇぇ」と鳴くと記されており、童顔で幼い印象の桃花には最適であろう。

普段は、「可愛」と言われたら拗ねるくせに、やはり、かわいい趣味をしている。桃花のそういうところを、青楓も気に入っていた。

「しかし、娘娘がお優しいのは本当です。桃花にだけではありません。妹君の代わりに後宮へ入るとおっしゃったときは……桃花は感激いたしました。あのように、美しい姉妹愛を桃花は見たことがありません……」

「ああ……そ、そうですね。そういうことも、ありましたね」

桃花が目尻に涙まで浮かべているので、青楓は視線を明後日《あさって》の方向へ逸《そ》らせた。

青楓は妹の身代わりとして、後宮へ売られたかわいそうな妃嬪である。

だが、それは表向きの建前だった。

青楓は妹に声がかかった際に、宦官に対して尋問したのだ。主な内容としては、「皇帝陛下に見初められるためには、どのような振る舞いをすればいいのか」、「また、その成功率はいかほどか」、「成りあがるためには、どの程度の金品を積む必要があるか」、「妹にその見込みはあるか」である。

無論、すべて妹を思って問い質《ただ》した。当然だ。売られていく妹が、今後どのように振舞えばいいのか調べておいてやるのも、姉のつとめである。どうせならば、妹には出世してもらい、翔家の家計を潤してほしい願望もあった。

けれども、尋問しているうちに「下級妃嬪となる妹が皇帝から見初められる可能性は、万に一つしかない」という事実が浮かんでくる。

後宮へあがっても、翔家の家柄と財力では出世は望めない。人並み以上に美女である妹も、後宮ではたくさんの花の一輪にしか過ぎないのだ。

妹は欠員が出た下級妃嬪の数あわせとして後宮へ呼ばれたのである。

それに気づいた青楓は考えた。

どうせ、数あわせならば……自分が行けばいいのでは？

皇帝からの寵愛など、得られるはずもない。目立たない下級妃嬪ならば、権力争いにも巻き込まれなかった。

だれからも相手にされず、無為に日々を過ごす妃が大半である。

桃花は美しい姉妹愛と評するが――実際のところ、青楓は自ら希望して後宮へ入ったのだ。

小説を書くために。

そして、後宮は青楓の目論見《もくろみ》どおりの場所であった。

幸い、周囲には「妹の代わりに入宮させられ、自棄《やけ》になる奇妃」として見られている。

だからこそ、ある程度の好き勝手もゆるされているのだ。

毎朝、朝儀へ呼びに来る女官の紫珊にも、入宮の際に泣きながら身の上話をしてやった。

なんだかんだと、青楓に同情してくれる優しい女官だ。実家からも、なにも咎《とが》められない。

そういう、ちょっとした打算があったのは、秘密にしたほうが都合がいいのである。

「桃花は知っておりますとも。娘娘はお優しくて最高のご主人様です。少々のわがままぐらい、ゆるされてもいいのです。いいえ、桃花がゆるします」

「ありがとうございます。うれしいですよ」

意気込んでくれている桃花のためにも、やることをやらなければ。

青楓は無意味に夜の後宮を散歩しているのではない。

目的があった。

後宮に入った女は基本的には、外に出ることは許されない。面倒な手続きが必要になる。外とのやりとりも、検閲が入り、思うように手紙も書けなかった。

焚書《ふんしよ》をせず、自由な言論を許すという紅劉帝の時代にそぐわない制度である。

ゆえに、青楓のように自由な作風の小説を書くには、工夫が必要であった。

到着したのは、雀麗宮《じやくれいぐう》の池である。

上級妃嬪の一人に与えられた宮だ。たしか、いまの主は蘭麗妃《らんれいひ》だったと記憶する。後宮内で唯一、皇帝との間に皇子を成しているらしい。

まあ、下級妃嬪の砦、瑞花宮の片隅で暮らしている青楓には関係のない話であった。せめて、健やかに育ってくれれば、こちらにも迷惑がかからない。その子が聡明な皇子であってくれたなら、なおよし。

「さて、桃花。壺を」

「はい」

青楓がうながすと、桃花は持っていた壺を見せてくれた。

雀麗宮の池は広い。水の入れ替えは外につながる小川で管理していた。これは後宮の高い壁の向こうにある用水路へとつづいている。

決まった刻に、青楓はこの小川を使って外と連絡をとっていた。

原稿を少しずつ外の協力者に渡し、途中の感想をもらうのだ。青楓の原稿は外へつづく小川に流し、協力者の感想は中へ流れ込む小川から受けとる。

また、おなじ方法で青楓は、検閲を通したくない書物も購入していた。

金が湯水のように使える豪商や、上級貴族であれば、検閲の宦官に賄賂《わいろ》をにぎらせることが可能だろうが……あいにく、青楓にはこの方法しかなかった。

この方法を青楓に伝授してくれた人物に感謝している。

蔡倫《さいりん》は、後宮に出入りしていた元宦官である。

しかし、出世の見込みがなかったため、きっぱりやめたらしい。宦官がやめるにも、決まりがあるようだが、この男、抜け目ない。上手い方法を使ったと言っていた。

いま、蔡倫は、青楓のために原稿のやりとりを助けてくれている。彼が外で原稿を受け取り、感想を述べてくれるのだ。誤字脱字の指摘まで行い、まとめた原稿を貸本屋に売り込んでいた。

もちろん、賃金は要求される。青楓も後宮の妃嬪になり、給金をもらっている身だ。そこを踏み倒す気はなかった。

他にも、何人かの妃嬪を相手に、様々なものを売りつけているらしい。後宮にいるときに思いついた商売のようで、「とくに官能小説がよく売れる！」と言っていたのを思い出す。蔡倫は後宮を出てから、妃嬪向けの商売人としての人生を歩んでいた。

「今日も感想が入っていますね」

蔡倫から送り込まれた壺には、青楓が要求した資料が入っている。一緒に、蔡倫の感想もついていた。

「なんと書いてあるのですか？」

文字が読めない桃花が灯りで感想を照らす。

『序盤の展開が長すぎる。あと、描写が冗長だ！　どうして、赤ん坊が狼に食われるだけの内容に、百頁も割いているのか理解できない。一頁目から主人公の物語にできないのだろうか？』

蔡倫の感想はありがたいが、まったくあてにならない。辛辣というよりも、的外れである。

「文学を理解できないなんて、かわいそうな人」

青楓は鼻で笑いながら、肩をすくめた。

とはいえ、目当ての書物は手に入れたのだ。雀麗宮の者や見回りの宦官に見つかると面倒なので、早めに退散するとしよう。

桃花の灯りを頼りに、青楓たちは部屋がある瑞花宮へと戻っていく。

ただただ静かで、なにもない。

昼間は可憐な花が咲き乱れる庭も、美しい瑠璃瓦《るりがわら》の屋根も、雅な池の様子も、すべてが眠っている。

朧《おぼろ》雲に透ける月が、ぼんやりと照らす後宮。西域には、夜にのみ咲く花があるという。ふと、書物で読んだ内容を思い出し、そのような花があるなら、ここにも植えたいと青楓は思った。

いつもの夜だ。

ゆえに、そんな夜の庭にひびく異質な音というものは、大変、耳につく。

「娘娘」

気づいた桃花が青楓をかえりみた。青楓は固唾《かたず》を呑んでこたえる。

「無視しましょう」

「承知しました」

金属と金属がぶつかり、耳をつんざく音がするが、それは気のせいだ。気のせいでなかったとしても、青楓には関係ない。まちがいなく、だ。

この音は剣戟《けんげき》ではないかと、考えたりもしたが……それならば、なおのこと青楓が首をつっこむ事柄ではない。むしろ、この場から、速やかに逃げるほうが身のためだ。

絶対に、いいことなどない。

青楓の予感は当たる。主に、悪い予感が。

『……失敗しましたね』

『仕切り直さなければ』

あら、これは金国の言葉でしょうか？

茂みのむこうから、耳慣れない言語がきこえる。

朱国のものではない。隣国・金の言葉であると青楓にはわかった。

青楓がいま執筆している小説の主人公は、桃花と金国を原型にしている。当然、金国語から文化まで調べあげた。言語については、桃花も教えてくれるため、発音まで正確に勉強できる。とくに、桃花の使う金国語は訛りがなく美しいので、学ぶには最適であった。

書物はすばらしい。なんでも知ることができる。こんなに自由で多様な文献を読める、現皇帝の治世もすばらしいのだと、青楓は思っていた。

「………」

このような場面なのに、立ち止まってしまうのは青楓の悪癖だ。

知識の実用性を証明できそうだと感じると、ついつい興奮する。実験したくなるのも、だめだ。いまも、うっかりと「もしかしたら、金国語で会話できるかもしれません」などと考えていた。

『あそこに！』

ふたたび、金国語で声がした。今度は、もっと近い。

いや、青楓に向かって叫んでいる。

青楓たちの行く手をはばむように、人影が飛び出した。

旗袍《チイパオ》に似た、丈が長い衣装の下に、袴服を穿いている。金国で主流のデールという装いだ。

手には、わずかな灯りを吸って禍々《まがまが》しく輝く剣がにぎられていた。まっすぐで長い刃が、獲物を探しているようだ。

これは、いわゆる「まずい」という状況では？

ここは後宮だ。暗殺やら、毒殺やらの噂には事欠かない。目の前にいるのも、きっと、どこかの妃をねらった刺客なのだろう。それも、目的は青楓などではない。もっと上の位の妃のはずだ。

まったくもって、青楓にとっては、とばっちりである。

青楓は瞬時にふりかかった危機を判断するに至ったが、だからと言って行動にはうつせない。

青楓は頭がいいと自負している。作家を目指しているので当然だ。しかし、運動に関しては音痴であると断言できる。

「桃花！」

突然の襲撃者は、まず桃花に剣を向けた。桃花の年齢のわりに幼い顔が、恐怖にゆがんでいる。震えて逃げることもかなわないようだ。当たり前である。青楓だって、足が微動だにしない。

それでも、青楓は足元に転がった壺を手にした。中には、仕入れたばかりの書物も入っており、それなりの重量である。

「桃花から離れなさい！」

夢中で壺を投げつける。運動の習慣などない青楓は、それだけで息があがりそうだ。

だが、壺は青楓の思惑もむなしく、襲撃者には届かなかった。割れもせず、ただ土を転がる。

「ひ……！」

なんという、非力！

青楓は自分でも、おどろいた。この程度の壺も投げられないほど、筋力がないとは我ながら情けない。後宮に入って、貧弱にみがきがかかってしまったようだ。

同時に、「なるほど……か弱い姫君が、壺を投げて襲撃者を撃退するなどという筋書きは、現実味がありませんね……」とも考えていた。こんなときなのに、やはり頭の中は小説ばかりだ。否、このような状況だからこそ、である。

襲撃者の気が逸れて、標的を桃花から青楓に変えたのがわかった。

銀の妖光を放つ刃が、青楓へと向けられる。

「危ない！」

斬られる！　そう覚悟して目を閉じてしまったが、いつまで経っても痛みは襲ってこなかった。

もしかすると、一瞬のうちに絶命して、気がつかない間に自分は幽鬼となっているのだろうか。目を開けると、無残な姿の自分が横たわっているのではないか。

「娘娘！　お怪我はありませんか？」

桃花の声が聞こえる。肩が揺さぶられた。

おそるおそる、目を開ける。

視界に飛び込んできたのは、緋《あか》い色だった。

血の色だと、認識することはできる。

だが、それは青楓の血ではなかった。

「だ、だれ……？」

青楓をかばうように立っているのは、見たことがない男であった。黄色い袍が、か細い灯りを反射しており、存在感がある。顔は、鋭い刃のような視線をたたえていた。

怖い人。そんな印象を持ってしまう。

男は青楓のほうをふり返りもせず、右手に持った剣を薙《な》いだ。金属と金属がぶつかる甲高い音がしたあとに、襲撃者がうしろへさがる。このまま、逃げるつもりのようだ。

男は一つに結った長髪をふりはらい、襲撃者を追う。しかし、数歩進んだところで「う……」と低くうめいて立ち止まってしまった。

青楓は桃花から、灯りをとりあげる。

よく見ると、男の左手から血の滴が垂れていた。黄色い袍は生地が裂け、生々しい傷口が見えている。

「桃花、医官を……いいえ、遠いですね。雀麗宮に行って厨房を貸してもらえるよう、交渉してくれませんか。そのあと、医官を呼んでください」

「は、はい！　娘娘！」

青楓は桃花に指示し、男の右手を躊躇《ちゅうちょ》なくつかんだ。男は青楓に、信じられないものでも見るような視線を向ける。

自分でもおどろいた。

さきほどまで、一歩も動けなかったのに、こういうときには迅速に行動できている。

「はやく止血をしましょう」

「いや、これくらい……」

戸惑った様子の男を横に、青楓は自分の衣をつかんだ。布を裂く腕力がないので、男が持っていた剣をお借りする。

「安物ですから、お気になさらず」

血が流れる傷口をふさぐように、上から押さえた。それでも、まだ血が止まらなかったので、肩の近くを布できつく縛って圧迫する。大きな傷の場合は、体幹に近い位置を締めると、よく止まると書物にあったからだ。

冒険活劇には戦闘が欠かせない。そして、戦闘には怪我がつきものだ。処置の方法も、一通り調べあげた。

「助かった……」

「まだお礼は早いです。さあ、手当てしますよ」

「え？」

医官が待機している棟は、ここから遠い。処置は早ければ早いほどいいだろう。

それに、怖いけれど……気になるのだ。

このような切り傷を、観察する機会などない。

書物で処置については学んだが、実際の創傷《そうしょう》を見るのは初めてである。どれくらい書物の内容に整合性があるのか、検証する必要があった。

以前、とんでもない出鱈目《でたらめ》な書物を読んだことがある。文化が隆盛すれば、三流が出回るのも必然と言えるだろう。

以降、青楓は書物の内容も、できるだけ検証するようにした。そうでなければ、一流の小説など書けない。青楓が目指すのは三流の大衆小説などではないのだから。

「傷が膿めば、腕が腐ってしまいます」

「それは……こまるな」

青楓は胸の高まりをかくしながら、やや強めの言葉を使う。男は仕方がなさそうに青楓に従った。

雀麗宮の厨房は、ここから一番近い。いまの青楓がほしいものも、そろっているはずだ。

状況から判断するに、襲撃者から救ってくれたのは、この男である。そして、青楓のせいで怪我をした。

　放っておいてもいいのではないか……頭をよぎったが、自分のせいで怪我をさせたのでは、後味が悪かった。それに、傷の処置というものを、一度経験しておきたい。こういう機会は滅多にないのだ。

「なにがおかしい？」

「いいえ、なにも！」

　つい、顔がにやけていたようだ。青楓は深呼吸した。

　勝手口から、雀麗宮の厨房へ入る。

　いちおう、桃花が話をつけてくれたようだが、厨房の下女たちは半信半疑。というより、そうとう不機嫌だった。夜中に厨房を貸せと、瑞花宮の妃の侍女が駆け込んだのだから、仕方がない。雀麗宮は上級妃嬪が住まう場所である。下女たちにも誇りというものがあるだろう。

「あ……」

「え……」

　けれども、青楓と謎の男が厨房に入った途端、二人いた下女たちのどちらも黙ってしまった。

　青楓は好都合とばかりに、男を適当に座らせる。

「湯をわかして布にかけてください。たっぷりですよ」

青楓が下女たちに指示を出す。が、下女たちは動こうとしなかった。

「………」

男が下女を一瞥《いちべつ》した。

すると、下女たちは怯えたような表情で、青楓の指示通り湯をわかしはじめた。

青楓は、その間に男の着ている袍を裂いた。袖が邪魔だ。

「痛っ……」

「これから行う処置は、もう少し痛いと思います。たぶん」

実際に試したことはないので、「たぶん」としか言えない。

「おまえは、医者か？」

「いいえ、通りすがりの素人です。しかし、書物で読みました」

青楓の言葉に、男は露骨に嫌そうな顔をした。

切れ長の目元が刃のように鋭く、理知的な雰囲気がある。髪色に特徴はないが、絹糸のようにしなやかで、よく手入れがされていた。

やや日焼けした肌はたくましく、身体中に無駄な肉が見当たらない。肩幅が張っていて、上腕から前腕にかけての筋肉が発達しているのは、「戦う人間」だからだろうか。さきほどの剣捌《さば》きも達者であった。

「つかぬことをうかがいますが……なにをされていたのでしょうか？」

青楓に問われて、男は少々気まずそうに視線を逸らした。返答を考えているようだ。

「そうだな……」

「はい」

はっきりしない口調だった。青楓は急かすつもりで、じっと見つめてみる。

男は顔をしかめながら、声をしぼり出した。

「……俺は……鶴恵宮《かくけいぐう》の宦官だ。あやしい物音がしたから駆けつけてみれば、不審者がいたので撃退した。このことは、内密にしてほしい」

なるほど、なるほど。

心得たとばかりに、青楓はうなずいた。

「左様ですか。宦官、ですか……そうですか。安心、いいえ、承知しました。そういうことなら、内密にいたしましょう」

青楓はそれだけ確認して、厨房に置いてあった瓶《かめ》をのぞきこんだ。強い蒸留酒の匂いが鼻腔を刺激する。

「これがいいですね。しみますよ？」

青楓は柄杓《ひしゃく》で酒をすくいあげ、躊躇なく男の傷口にかけた。

「った！　痛っ！　しみるんだが……！」

「はい、しみると、もうしました」

「いだだだっ！」

青楓は涼しい顔で言い、もう一回、酒で傷口を洗う。男は嫌がっているが、容赦なく頭を押さえてやる。

「それだけ屈強な肉体を持ちながら、この程度も耐えられないのですか。宦官って、やはり男を捨てるときに、いろいろ捨ててしまうのですね」

「はあ!? だれが宦……いや、宦官だった! ぐ……わ、わかった!」

男は理知的な印象の顔とは裏腹に、情けない声をあげていた。しかし、青楓の挑発で覚悟を決めたのか、ぐっと唇を引き結ぶ。そのあとは、泣き言どころかうめき声の一つもあげない。

「なるほど……なるほど……」

一方の青楓は、男に気づかれないよう、傷口を念入りに観察した。もちろん、後学のためである。

「おまえ……変わっていると、言われたことはないか?」

「言われたことはありますが、たいていは、向こうのほうが変な人でした」

青楓は右から左へと男の言葉を受け流した。

「これは、なにをしているのだ? こんな手当ては受けたことがない」

「消毒にございます。西域の医術と、書物で読みました」

強めの酒で傷口をしっかりと洗浄する。こうすることで、傷が膿まないのだと書物で読んだ。

とくに、今回は刃物によって受傷している。錆や泥がついていた場合、重篤な病を引き起こすらしい。目に見えない微小生物が原因で身体に影響をおよぼすことがあると、西域の書物にあった。まだ朱国では馴染みの薄い最新の医術の概念である。こんなところで実践できるとは、青楓は運がいい。

　消毒のあとは、下女たちが用意した布で傷口を圧迫しなおす。熱湯をかけたので湯気があがっていた。

　これも、痛いだろう。それでも、男は耐えていた。

「応急処置はできました。もうすぐ、医官も到着するでしょう。薬も、医官殿のほうが豊富に持ちあわせているでしょうし、安心ですね……ということで、私はお暇《いとま》します」

　処置を終えて、青楓は早口で告げた。

「おい」

　少々乱暴な口調で呼び止められ、青楓は息をついた。

　ここまで処置したのは、後味の悪さからだ。好奇心を満たすためでもあったが、それはもういい。青楓の次の目的は、一刻も早くここから立ち去ることである。

「名は？」

　聞かれて、青楓は満面の笑みをつくった。

「曹《そう》妃です。鶯貴宮《おうきぐう》の曹夢花《メイファ》と申します」

　適当な妃の名を答えておいた。

三

やはり、面倒ごとからは、すぐに逃げるべきだった。

青楓は、後に多大な後悔を抱えることとなる。

「翔妃！　おめでとうございます！　大家より夜伽《よとぎ》の命がくだりましたよ！」

この世の春と言わんばかりに喜ぶ紫珊をよそに、青楓は頭を抱えていた。

気分は奈落。地獄とは、このことだ。

青楓のもとに、皇帝付きの宦官――韋碧蓉《いへきよう》が現れたのは、奇妙な夜から十日ほど経ったころであった。

「やはり、見捨てておけばよかったですね……」

煉獄《れんごく》のうめきのような声でつぶやくと、桃花が「まあまあ……」となだめる動作をした。

「あのときの娘娘は、とてもご立派でいらっしゃいました。桃花は感激しましたよ」

「気休めはいいのです」

あの夜、襲撃者を撃退し、宦官を名乗った男が――現皇帝・朱紅劉であることなど、青楓にはわかっていた。

ここは男子禁制の後宮。

入ることが許されるのは、男を捨てた宦官と、そして、主たる皇帝ただ一人である。

だからこそ、宦官だと言い張ったのだと思うが、宦官は男性器を捨てている。ゆえに、声の質や体型に女性的な変化が生じるのだ。それなのに、彼には一切それが見られなかった。

低めの声に、筋肉質な体格。宦官にはめずらしい髭の剃りあともあった。

加えて、この国において「黄」は最も高貴な色である。どんな高官や貴族も着ることが許されない。

皇帝を除いて。

そんな身なりをしておいて、なにが「宦官」だ。だれが信じると言うのだろう。青楓でなくとも、騙されない。雀麗宮の下女たちも、気づいていたから、厨房を明け渡したのだ。

あんな見え透いた嘘でかくし通せると思っている莫迦《ばか》がいるのだろうか。あれは、「こちらも嘘をつくから、今夜のことは内密に」という意思表示だったと思っていた。本人だって、「内密に」と言っていたではないか。だからこそ、青楓はあえて、べつの妃の名前を騙《かた》ったのだ。

「本日、大家の御座《おわ》す陽明宮《ようめいぐう》へお越しください」

碧蓉が慇懃《いんぎん》に告げる。だが、その口調には命令めいたひびきがあった。

上級妃嬪やその候補たちには、自分の宮が与えられており、皇帝は気に入った妃のもとに通う。

けれども、青楓のような下級妃嬪には狭い個室が割り当てられているため、皇帝のいる陽明宮へ出向くこととなる。

　陽明宮への誘い。それは、夜伽の命令だ。

「……もしも、お断りすればどうなりますか。体調が優れないのです」

　青楓は苦し紛れに言ってみた。

　しかし、碧蓉は硬い表情を少しも緩めない。

「しかるべき手順を踏み、後日に改めれば問題ないかと」

「それは後日、また呼ばれると言うことですよね」

「左様」

　あまり意味のない抵抗である。

　好ましく思っていないということが、表情に出ていたようだ。追撃するように、碧蓉が言葉を継いだ。

「翔妃。あなたの素行を調べましたが……後宮に入宮しているというのに、朝儀にも参加せず、ずっと個室で書き物をなさっているとか」

「そ、それは……私、実は妹の身代わりで入宮しており……自暴自棄なのです」

「某《それがし》の同情を引こうとしても、無駄です。あいにくと、翔妃のような身の上の妃は見慣れております」

「く……」

　碧蓉は猜疑《さいぎ》の目を向けたままだった。安っぽい身の上話には騙されないようだ。もっと、手の込んだ作り話を考えておけばよかった。

「べつの妃の名を騙ったそうで、探し出すのに苦労いたしました。あなたがご自分の衣を裂いて残していなければ、見つけ出せなかったでしょう」

碧蓉が出したのは、傷口の止血に使った衣だ。生々しい血の色が染みついている。

まさか、こんなものから個人が特定されるとは思っていなかった。よく見ると、桃花によって、青楓の名が刺繍されているではないか。洗濯場で交ざらないようにするための工夫である。痛恨の失態だ。そして、この碧蓉という宦官は、青楓の失態を見逃してはくれなかった。

「……本来ならば、べつの妃嬪の名を騙った罪に問いたいところです。むしろ、某は、大家へそのように進言したのですがね……」

「碧蓉殿は、なんと言いますか……見かけによらず、言い回しに容赦がない。いいえ、見かけ通りと言うべきでしょうか」

「ありがとうございます。あなたも、ずいぶんと正直者のようだ」

そのような言われ方をされてしまえば、青楓には拒む権利がない。

観念しながら、青楓は碧蓉の容姿を観察する。

宦官とは言っているけれども、反り立つ壁のような大男だ。髭はなく、声はやや高めではあるが、口を開くと物々しい威圧感がある。まるで、戦場ではないかと錯覚しそうだった。

顔立ちは整っているのだが、顔面を斜めに走った刀傷のせいで、女性には好かれそうにない。美丈夫になり損ねた偉丈夫という比喩が似合う。

どう見ても、武官だ。

なるほど、この宦官を見たあとであれば、皇帝のことも「宦官かもしれない」と、騙されていた可能性も……いや、それはないか。

「いついかなるときも、大家をお守りするのが某の役目ですので、鍛えております」

青楓の視線に気づいたのか、先に説明された。どうやら、めずらしいやりとりではないらしい。

「大家からは宦官なのに、ごつい・でかい・厳《いか》ついの三拍子であると、褒められます」

「それ、褒められていますか？　自慢するところです？」

碧蓉がちょっと照れくさそうに頭を掻くので、青楓は冷ややかに返してしまった。さきほどまでの威圧感があきらかに和らぐ。なんと反応すればよいのか、わからない。

しかし、面倒なことである。

青楓は碧蓉を見送りながら、「夜伽の興を削いで皇帝に嫌われつつ、首が刎ねられない程度の粗相」を考えはじめていたのだった。

四

陽明宮は夜であっても、煌々《こうこう》と光をたたえている。

そんな話を聞いたことがあったが……いま、それが比喩などではなかったのだと、青楓は知った。

無数に並んだ吊り灯籠には、一つの漏れなく燈《ひ》がともしてある。その光を反射して、夜であっても瑠璃瓦が照っているのだ。壁の装飾には、大小様々な玉《ぎょく》がはまっている。もちろん、よくみがかれた一級品だ。黄金に輝く龍や鳳凰《ほうおう》の彫刻がまぶしい。

常明の宮。

まさに、衰えることのない皇帝の威光を示している。

貧しい貴族の家で育った青楓としては、「そのような浪費をするくらいならば、書物を買えばいいのに」と、考えてしまう。

けれども、宮を飾る金や玉の値段を書物の冊数に換算しようとしたところで、思考を止めた。途方もない数字が弾き出され、無駄だと悟ったのだ。

「こちらへ」

青楓は陽明宮の一室に通された。

「はあ……」

ここでしばらく待てと言われたが……どうも、妙だ。

夜伽に呼ばれたのであれば、普通は衣を着替える。そのような行為には、適した服というものがあるのだ。衣に暗殺用の刃物や毒を仕込ませないためでもある。後宮に入宮する際の基礎知識として、講義があった。

が、この部屋は具合がちがっている。

小さな几と、椅子。上品な調度品がそろっており、窓からは手入れの行き届いた庭まで見える。池を囲うように灯籠が並べてあり、水面に映る様が非常に美しい。

棚に飾ってある球体には、地図のようなものが貼りつけられている。地球儀というのだと、知識として持っていたが、実物は初めて見た。西域から取り寄せたにちがいない。

夜だというのに、室内は非常に明るかった。魚油を使用した洋燈《ランプ》に明かりがともっているからだ。硝子《ガラス》の火屋《ほや》が精巧で、高価なものであるとうかがえる。うらやましい。これがあれば、夜でも執筆作業ができるではないか。

着替えの部屋と言うよりは、私的な茶会用。

部屋の趣味は非常に好みだが、不審感しかない。

青楓は居心地が悪く、椅子に腰かける気分にはなれなかった。

「お待たせしました」

扉が開く。

先に入室したのは、昼間に会った宦官・碧蓉だった。反り立つ壁のような大男には、扉は小さいのだろう。やや頭を屈めながら入室した。

碧蓉は室内の青楓を確認し、そのまま抱拳礼《ほうけんれい》を行う。左手で右の拳を包み、頭の高さまであげていた。

このあと入室する人物を予測し、青楓もつられるように、右手で左拳を包んで礼をする。男女で礼の方式がちがうため、向きあったときは注意しなければならない。

「碧蓉、よくやった」

声をかけられ、碧蓉が顔をあげる。

「さて」

視線で入室者を確認し、青楓はため息をかみ殺した。

理知的な切れ長の目が、こちらを熟視している。長い髪は楽にたらしてあるが、不格好な乱れなど一切ない。

厚めの衣を着ていても、体格のよさはかくし切れていなかった。そういえば、現皇帝はもともと武官であった経歴を思い出す。

先帝の時代に、周家《しゅうけ》の妃と皇帝の間に生まれた皇子だ。やがて、周氏は謀反《むほん》の罪を着せられて、一族郎党処罰された。だが、韋氏により、存在を秘されたまま育てられて武官になったと聞いている。

金国との戦争で数々の武勲を立てたのち、先帝の崩御《ほうぎょ》と同時に皇族であることを明かした。すでに民衆人気が高く、皇城の高官たちも取り込んでいた紅劉は、瞬く間に即位を果たす。

都で流行っている小説の題材になっていた。もちろん、青楓も読んでいる。

いかにも大衆が好みそうな単純明快で、娯楽性の高い作品だった……青楓の目指す方向性とはちがう。大流行しているが、あんなものは駄作だ。だれでも書ける陳腐な内容だった。

「翔妃。楽にせよ」

現れた皇帝——朱紅劉は、青楓に言葉をかける。声もそのまま、あの夜に出会った男だった。

青楓は、ふたたび、ため息をかみ殺す。

「はい、大家」

青楓は頭をあげた。

紅劉が先に椅子に腰かけ、青楓にも座るよう、うながす。

「俺をおぼえているか?」

「……宦官であると、名乗られたはずですが」

非難の意味も込めた。うしろにひかえる碧蓉は、言葉の意図に気づいたようで、表情をいくらか硬くする。しかし、紅劉のほうは、まったく気にしない素振りであった。

「あのときは、つい」

紅劉は整った顔を神妙そうにしかめた。

なにか、事情がありそうだ。

「……衛士を待たず、自分で刺客を撃退しようとしたなどと知れると、また碧蓉から小言を聞かされるからな。結果的に、露見したが」

「はあ？」

紅劉は嘆かわしそうに、頭をかかえていた。碧蓉は、もっと疲れた顔をしている。

自分で刺客を撃退しようとした？　皇帝が？　しかも、それを知られたくなくて嘘をついた？

青楓は、困惑するしかなかった。

「宦官を名乗っておけば、簡単には露見しないだろう？」

「あのような身なりで、宦官は無理があると思います」

「おまえは、結構はっきりと物を言うのだな」

あんな皇帝しかまとわぬ黄色の衣で、「宦官だ」と言われてだれが信じるのだろう。いま、青楓は寝言でも聞いているのだろうか。

「てっきり、互いに秘密にしましょう、という意味かと思い、私も安心して偽名を告げたわけですが……」

「俺にそのつもりはなかったんだが」

「では、本気でごまかせると？」

偽名と言っても、保険をかけて実在する妃の名を告げたことは棚にあげる。

青楓の言葉に同調するように、碧蓉が息をついていた。昼間は「罪に問うべき」などと言っていたが、彼も青楓の意図を理解しているようだ。むしろ、普通はそう思う。

「大家……発言するときは、よくお考えくださいと、この碧蓉がいつも、もうしております」

「……そう言われると、我ながら、まずいことを言ったような気になってきた。なるほど、たしかにそうだな」

碧蓉に指摘され、紅劉は真面目な顔で納得していた。まるで、老師《せんせい》に諭されながら、問題を解く子供のようである。

「まあ、よい。やっと、探し出したのだ……翔妃、改めて礼を言おうか」

紅劉は快活に笑いながら、自分の左腕を叩いた。青楓が手当てした傷のあたりだ。この様子だと、思ったよりも調子がよさそうである。

「いいえ、こちらこそ……無礼を、もうしわけありません」

「痛かったぞ。だが、戦場《いくさば》の医者よりも手早かった。あのあと、到着した医官もたまげていたよ。まだ普及していない西域の医術のようだな」

「光栄です」

「ちょうど、使節に学ばせたいと思っていたところだ。早速、もっと予算を回せと命じておいた」

書物で読んだ知識を半信半疑で披露したのだが、あれでよかったらしい。青楓は安心しながら、「これで、いま書いている場面にも深みが出る」と思った。まさに、主人公が大怪我をする場面なのだ。

　作品舞台の時代設定を考慮すると、今回の処置をそのまま使うことはできない。だが、描写の参考にはなるはずだ。

「それで、だ。翔妃……俺はこのとおり、おまえに救われた。すぐに動けるのも、すべておまえのおかげだ」

「過分な評価です。大家のお身体が健やかで強いのですわ」

　実際、的確に処置したところで大怪我にはまちがいない。すぐに動けるのは、ひとえに本人の生命力が強いからだ。

　さすがは、元武官である。

「なんでも、報酬をやろう。望みを言え」

　なんでも。

　そう、紅劉は告げた。

　それは、この後宮にいれば、だれもが渇望する言葉だろう。

　紅劉は、青楓の望みをなんでもかなえると言っているのだから。

　寵妃となることだって、可能だ。

　後宮には、現在、頂点の皇后が不在である。望むならば、現時点の最高位である四人の妃嬪――四妃と呼ばれる上級妃嬪のだれかを蹴落とすことだってできるかもしれない。

青楓の待遇は、現後宮で一番下だ。瑞花宮の妃嬪は、皇帝の夜伽があれば、まずは吉《きっ》祥《しょう》宮《ぐう》へ移される。そこから、また夜伽の回数やお気に入りの度合いによって、宮を移ったり、位が与えられたりするのだ。皇帝の命を救ったとなれば、それらを飛び越える要求をしても許されるだろう。

望めば、後宮を出て実家へも帰れるかもしれない。

「なんでも、ですか？」

青楓は念のために確認した。

「おう。なんでもよい……幸い、こうして見ると、着物は地味だが、おまえもなかなかの佳人《かじん》――」

「では、今日はこのまま帰ります。今後も、そっとしておいてくださいませ」

青楓は極上の笑みで述べた。

「そうか。では、今夜は――はあ？」

紅劉は予想外の返答に、口をあんぐりとあけた。

「いまのまま、瑞花宮の個室で静かに暮らしたいです」

なんの欲もない、慎ましやかな答えだ。無茶な要求など、一つもしていない。青楓はただ、現状維持を望むのだから。

しかし、紅劉の返事はなかった。信じられないと言いたげに、青楓を見つめるばかりだ。

青楓は不安になった。

「どうしても、気が済まないのであれば……そうですね。そこにある洋燈をいただけますか？　これがあれば、夜も書き物がはかどります」

　まだ、返事がない。

　青楓は言葉を重ねる。

「えぇっと……そうですね。一度、夜伽のお相手をすれば、瑞花宮から吉祥宮へ移るでしょう？　あれは、引っ越しに人手を要しますし、あまり効率がよくないと思うのです。私をこのまま瑞花宮に帰して、そのままの待遇に留めてくだされば、いらぬ手間と人員を省けます。とても、経済的な提案ではないでしょうか？」

　紅劉は、まだ黙っていた。

　なんなら、碧蓉も口を開かない。

　これはこまった。包みかくさず、話すしかないようだ。残念なことに、碧蓉には同情を引く嘘も通じない。

「碧蓉殿は知っていると思いますが、私の個室は少々荷物が多いのです。なんと言っても、資料の山ですから。私以外が触れると、崩れます。あれを一日で運び出すのは、むずかしいでしょうね……ああ、資料というのは、小説に必要なものです。これは周囲に秘しておりますが、私、正直にもうしあげますと、後宮に入ったのも、ゆっくりと小説を書きたいからでして。ああ、でも、妹の代わりに入宮したのは、本当ですよ。いま執筆中の作品は、傑作まちがいなしの超大作です。金国出身の平民、永花《ナランツエツエグ》が活躍する冒険活劇ですよ。そのために、金国の資料だってかきあつめました。いまは、近隣部族との衝突を描いた場面を書いておりまして、永花も負傷してしまうのです。傷や痛みの描写にたっぷり数十頁割こうと思っていましたので、大家の処置を経験したのは、大変創作の糧《かて》となりました。これで、深みのあるよい場面が書けそうです。ありがとうございます。永花が怪我から回復したあとは、部族全体が流行り病にかかって全滅する予定なので、可能でしたら、ご病気の様子も拝見できればと思います」

青楓は淡々と、しかし、だんだんと口調を速めていく。このように、口先がつかれるほどしゃべるのは、久しぶりである。

実家にいるときは、よく「無駄に書物ばかり読んで、相手を論破しようとする悪癖があるから、嫁のもらい手がおらぬのだ！」と、両親から叱られていた。そのころの仇名が広まっているのか、後宮に入ってからも青楓のことを、「愛書妃」と呼ぶ者もいる。

青楓としては、懇切丁寧に猿でもわかるように説明しているだけなので、はなはだ心外な評価である。

「巷では、適当な資料で書かれたうすっぺらい娯楽本が流行っておりますが……私が目指すのは、そのような低俗な芥《ごみ》ではありません。綿密な資料に裏づけられた価値のある文学でございます。今回の大作を執筆するにあたって、私は基礎から金国語を学びました。おかげで、先日の刺客が話していたのも金国語であると、すぐにわかりましたよ。衣装も、金国のものでしたね。でも……考証が足りておりませんでした。武具があきらかに朱国のものだったのです。金国で一般的に普及しているのは、大きく湾曲した湾刀でございます。きっと、あれは金国の者に偽装していたのでしょう。金国語にも、地方訛りがなく、刺客になるような下層階級とは思えませんでしたし……むしろ、朱国人がおぼえた金国語に近かったような……本物が見られなくて、残念です」

青楓はひとしきり述べたあとに、はあっと肩を落とす。

久方ぶりに、よくしゃべった。後宮に入ってからというもの、桃花と紫珊しか話し相手がいなかったのだ。

「大家」

青楓が一人で満足していると、碧蓉が紅劉に耳打ちしていた。

ようやく、反応があった。事細かに説明した青楓の判断はまちがっていなかったようだ。よかった。これで、瑞花宮の自室に帰してもらえる――。

「いや、それはだめだ。もったいない……よい考えがある」

「よくお考えくださいませ」

「ああ、今度は大丈夫だ」

碧蓉から、なにを進言されたのだろう。紅劉は小声で断っていた。そして、唇にうすく笑みを描く。

「翔妃」

紅劉は改めて、青楓に向きなおる。

たった一声。

声をかけられただけなのに、空気が鉛のように重くなった。別段、怒鳴られたわけでも、殺気を感じたわけでもない。

それなのに、水面《みなも》の波紋が一斉に鎮まるかのように、痛いほどの緊張感に苛まれた。

青楓は固唾を呑んだ。掌《てのひら》に、汗もかいている。

紅劉が、たまたま帝位が転がりこんできただけの無能ではないのだと、圧で告げられている気がした。さきほどまでと、べつの人間のようだと錯覚する。

「おまえの言いたいことは、ちっともわからなかったが」

紅劉は同じ声音のまま、肘かけに身体をあずける。

あんなに説明したのに！　と、青楓はちょっとばかり抗議しそうになった。が、言い出せる雰囲気ではない。

「俺はおまえの希望をかなえてやることにしよう……代わりに、条件がある」

「……条件、ですか？」

青楓は眉を寄せた。

「大家は、私に報酬を与えるとおっしゃいました。それなのに、条件をつけるのですか？」

「そうだ。これは、おまえの身のためでもあるぞ」

紅劉は背もたれに体重をかけ、足を組む。

「まず、おまえの部屋だが、やはり瑞花宮からは移す。理由は、あそこは俺の目が届かないからだ。もう少し気軽に行き来できる宮にいてもらったほうが、こちらも助かる」

「そんな……それでは、まるでお話になりません」

「先の刺客を取り逃がしたままだ……半分は、仕留め損ねた俺のせいなんだがな。殺さず捕らえて吐かせようとしたら、欲をかいた」

自分の責任は、半分と主張する。

もう半分は青楓のせいであると言っているのだ。青楓を助けなければ、紅劉は負傷せずに刺客を捕らえられたかもしれない。

「おまえは、刺客の姿を見ている」

「…………」

身のため、とはそういうことか。

刺客が青楓の口を封じる可能性があるという危険を示唆《しさ》している。あの夜の時点で、青楓が瑞花宮でひっそりと暮らしつづけるのは、むずかしくなっていたのだ。

「前の華妃の死因は知っているか？」

「……噂では、呪詛だと聞いています」

華妃は上級妃嬪である四人の妃嬪――四妃の一人に与えられる位だ。

たしか、以前の華妃は趙華妃である。現在は、呉《ご》家の娘が華妃の位に就いていると聞いていた。

趙華妃は公主《ひめ》を一人出産した妃嬪である。大変人柄がよかったらしいが、いつからか、言動がおかしくなり、ありえない妄言を吐くようになったとか。

趙華妃は食事も食べず、夜も寝ず、常に異様な寒さでも感じているかのように四肢を震わせ、日に日に衰弱していった。

そして、あろうことか、自分と皇帝の娘である公主と一緒に、池に身を投げ亡くなってしまったのだ。

趙華妃の奇行から、後宮では「呪詛にちがいない」と噂が流れていた。

「呪詛をかけた人物がだれかも、噂されていないか？」

「さすがに……あれは根拠もない噂でしょうけど」

紅劉に問われて、青楓は息をついた。

「四妃の一人……金恵妃が趙華妃を呪い殺したと、俺の耳には届いているよ」

紅劉の言うとおりの噂が、後宮でも流れていた。

そこまで話すと、碧蓉が「大家」と口を挟もうとする。だが、紅劉は「大丈夫だ。しっかり考えている」と、片手をあげて碧蓉を制した。

朱国と金国は最近まで、戦争をしていた。紅劉が帝位に就いて初めて行った外交が、金国との和平であるのは有名だ。長引くと思われた戦争を、すぐに和平へ持ち込んだ手腕は青楓も評価している。

一方で、戦争の続行を望む勢力があるのも理解に易い。

戦は損害も大きいが、利益もある。戦がつづけば得をする勢力も、当然のように存在した。また、異民族排斥の思想を持った者も多い。

「金恵妃は金国出身の妃だ。彼女に罪をかぶせる者がいるとすれば……ほかの四妃だと思わないか？　金恵妃、または、金国を陥れたいだれかが流した噂だろうと、俺は考える」

金恵妃は皇帝のお通りが一番多い寵妃だ。

だのに、いまだに子を成していない。公主を産んでいた趙華妃を呪い殺す動機はある。しかし、それはあまりに短絡的だった。趙華妃が亡くなって、得をする人間は、他にもいる。新しい華妃や、他の四妃だっているのだ。特別、金恵妃が呪い殺したと触れ回る必要はない。

そこに、先日の金国の仕業と杜撰に偽装された襲撃の件をあわせると……。

「たしかに――あの、もうしわけありません。大家。な、なぜ、私にその話を……？」

「せっかく和平を結んだのだ。金国との諍いは、俺も避けたい……調査も進まず、探るしかないと思って後宮へ出向いたら、このあいだの、あれだ。あれも金国に罪をかぶせる偽装かもしれない。いいや、もしかすると、本当に金恵妃の仕業かもしれないなぁ！」

「わざとらしく、大声を出さないでください！　私、これ以上は聞きたくありません！」

「もう遅いぞ。大方、しゃべってしまった。俺は軽率で嘘が下手という短所があるのだ」

この男、絶対に性格が悪い！

青楓は確信した。

青楓にわざと情報を流し、「ここで断れば、処罰する」と言っているのだ。罪状など、なんとでもなる。後宮の妃嬪が突然、不自然な罪で始末されることなど日常茶飯事だった。

それならば、おとなしく紅劉の保護を受けながら「条件」とやらを呑めと言っているのだ。

伊達に皇帝の器におさまっていない。

一瞬、莫迦なのかもしれないと思ったが、それはまちがいだ。まさか、すべて計算されていた？　そんなはずは……。

「条件を呑むなら、おまえが雀麗宮の庭を勝手に散歩していたことも、不問にするぞ」

「ひ、卑怯です……」

雀麗宮の庭を出入り禁止にされるのは、青楓にとって不都合だ。蔡倫との連絡手段を断たれ、自由に小説が書けなくなってしまう。

「おまえは金国語もわかるようだし、頭もよくて行動力もある。少々、変わった性格だが……まあ、寵妃にしろとせまる面倒くささがないのは、好ましいな。いや本当に……後宮の女って、結構面倒くさいんだよなぁ。だからと言って、通っていないと、世継ぎがどうこう家臣どもがうるさいし」

「大家。熟考したうえで、お言葉をお慎みくださいと、いつもいつも……」

「俺は、いま、よく考えているよ。いいじゃないか。ここは、皇城ではない。いま、俺は翔妃との情事を過ごしているのだ。本音が出ることもあるだろう」

　紅劉は疲れた顔で頰杖をつく。これは、青楓との取り引きには関係ないことのようだ。心中の吐露。素顔のようにも思えた。威厳があるかと思えば、こういった一面も見せてくる。本当に不思議な男だ。

　それにしても、三千人の美女をあつめた後宮の主が「面倒くさい」と発言するのは、いかがなものか。他の妃嬪が聞いたら白目をむきそうだ。案の定、碧蓉が眉間に指を当てていた。

　とはいえ、小説を書くために後宮に入った青楓としては、その意見に共感するところがある。たしかに、ここの人間関係は面倒くさい。できれば、遠巻きに見物するに留めたかった。

「後宮で自由に動かせる駒を探していた。翔妃、おまえは最適ではないか？」

え、えええ……青楓は困惑を口に出さない代わりに、顔面で表現した。

　それでも、紅劉は遠慮なく命じる。

「念のために、金恵妃の住まう鶴恵宮《かくけいぐう》を探ってほしい。なんらかの証拠や痕跡があれば、報告を。なければ、それでよし。そのあいだ、身の安全を保障しよう。どうだ？」

　青楓は首を横にふりつづけた。けれども、紅劉は見ないふりをしている。

「条件を吞むか？」

　選択肢など、ないではないか。

「…………」

ああ……と、青楓は天をあおいだ。

こんな仕打ちなど……青楓がなにをしたと言うのだろう。権力争いに加わらず、ただ静かに後宮の隅で小説を書いていただけだというのに。

しかしながら、妃嬪とは職業である。給金をもらっており、美貌だけでなく高い教養も求められる。命じられてしまえば、従うしかない。

それに、紅劉の条件を呑み、襲撃者を探るのは青楓にも利があった。

青楓は紅劉の治世を評価している。

戦争をやめ、文化も成長する、よい治世だ。長くつづいてくれれば、青楓も作家活動がしやすくなるだろう。

桃花のこともある。いま、金国と朱国の関係が悪化するのは、青楓の望みではない。

「わかりました……」

青楓は首を縦にふるしかなかった。

これは、脅されたからではない。創作活動をつづけるためである、と言い聞かせながら。

＊　＊　＊

愛書妃などと呼ばれる奇妃《かわりもの》が陽明宮をあとにする。

「大家」

宦官の碧蓉が、たまらず口を開いた。眉間にしわを寄せ、口角がさがっている。彼が紅劉に進言するときは、いつもこのような顔をした。

「どういうおつもりですか」

さきほどの忠言を一蹴したこともあり、碧蓉の口調は不機嫌そうだった。

紅劉は息をつきながら、左腕に触れる。まだ痛みは残るが、大事はない。おかげで、周囲にも襲撃があった事実をかくせている。箝口令《かんこうれい》もしいた。

「どう、と言われても……使えそうだと思ったから、使うことにした」

「翔妃についての詳細は読まれましたか？　あれは後宮でも有名な奇人ですよ」

「だが、頭はいい。判断力と行動力に優れた人材じゃないか。むしろ、どうして、こんな後宮の隅で飼い殺してしまったのか……科挙《かきょ》を受けた形跡はないのか？」

滝水のごとく、怒濤《どとう》の演説をはじめたときは、話の半分も内容が頭に入らなかった。しかしまあ、あの程度は大臣どもの長話で聞き流すのには慣れている。

「おまえが提案したように、使い捨てるのはもったいないと思うがな」

――大家。この妃は始末するのが得策かと。

青楓が刺客に対する見解を述べたとき、碧蓉は紅劉に、こう耳打ちした。彼女は無駄に聡い。生かす意味はないという判断だ。

碧蓉は合理的で、頭の回転も速い。

紅劉にはない能力を持っている。彼がいなければ、紅劉の治世は、まわっていないだろう。軍を指揮していたころから、よい参謀として働いてくれた。

嘘や謀《はかりごと》の分野は、紅劉の苦手とするところだ。どうしても、化けの皮が剝がれる。虚勢は張れるし、軍略も組めるが、自分で嘘をつくのは苦手であった。

それに、自分はどうも軽率なようだ。熟考をうながされなければ、失敗することがある。短絡的に刺客を追ってしまったのも、そこに起因していた。

碧蓉がいてくれると、口をはさんでくれるので助かる。あの日、たまたま彼が席を外していたのは、ちょっとした不運だ。

さすがに、帝位に就いた途端、「どちらにいらしてもおそばにいられるよう、取ってまいりました」などと言って宦官になったときは引いてしまった。けれども、そのおかげで、後宮の管理もまかせられるから文句は言えない。

碧蓉は宦官になっても、あいかわらず、でかい・ごつい・厳ついの三拍子……聞けば、筋肉を落とさぬよう、毎日、執務のあとに鍛錬をしているらしい。どこに、そのような時間と気力があるのか、最近、筋力が落ちてきた紅劉は問いたかった。

「念のために、翔妃の護衛もしてやってくれ」

「……わかりました。大家の思いつきにつきあうのも、某の役目であります」

「だから、思いつきではない」

「わかっておりますよ。本当に浅慮であったなら、某が首を差し出してでも、止めます」

「そのごつい首はいらないから、しばらくつけておいてくれ」

青楓の処遇をどうするか、紅劉も決めかねていたところだった。

当初は、当然のように出世を希望するものと思っていた。適当に目の届く宮に住まわせて、刺客の動きを見るつもりだったのだ。囮である。

だが、青楓は出世を望まなかった。そして、普通の妃嬪では持ちあわせないような知識を披露したのである。あの夜も、実に的確な処置をしていた。

ただの囮とするのは、もったいない。

無論、青楓が希望するように、瑞花宮の隅に置くなど、もってのほかだ。

適材適所。人材は、適した場所に配置するのが上に立つ者の役目。そして、自分の得意分野はそこであると、紅劉は自覚している。

「そのようなお方だから、某はあなたにお仕えするのですよ」

「なんだ、改まって……気色が悪いぞ」

碧蓉が急にかしずくので、紅劉はやりにくさをおぼえる。

この後宮、いや、朱国では上下がはっきりと線引きされている。下へいくほど、命が軽くあつかわれ、優劣が区別された。

その頂点にいるのは、他でもない。紅劉だ。

そうなるように仕組んだのは、先帝の時代に紅劉を生かし、ひそかに育てた韋氏である。

だが、その運命を受け入れ、現在の地位を築いたのは紅劉の意思だった。だれでもない。

紅劉が望んで、そうした――そうしなければ、ならなかった。

「俺をここに立たせてくれているのは、おまえたちだよ」

ふと、死んだ趙華妃と公主のことを思った。さぞ、無念だっただろう。

人当たりのよい、優しい女性であった。最期は呪詛と噂されるのも、納得の変わりようだったと思う。公主のことも残念だ。

「でも、俺は生かされているわけじゃない」

「はい。大家のお力です」

しかし、時間をおいて、考えるのだ……ああ、彼女は、どんな顔立ちをしていたかな、と。煙草が好きで、いつも、風変わりな香りをまとっていた。

しかし、結局、趙華妃の顔を思い出すことはできなかった。

身勝手な話だ。

第二幕　其の妃は書を愛でたい

一

翔青楓という妃嬪は、いったい何者だ。

後宮内を衝撃が駆けめぐる。

愛書妃などと称され、瑞花宮の片隅で引きこもっていた変人。いままで一切目立たなかった妃嬪に、突然、皇帝のお呼びがかかった。

それだけならば、ありえない話ではない。

上級妃嬪たちに飽きた皇帝の気まぐれ。そういうことは、少なからずあった。くじ引きで適当に選ぶ遊びなら、歴代の皇帝もしていたところだ。

一度、お呼ばれして瑞花宮から吉祥宮へ移ったものの、その後は一切無視される、などという事態も、後宮においては日常だ。

後宮には、当然、序列が存在する。位の高い妃が尊重され、下級妃嬪が成りあがるのは、並大抵ではなかった。

頂点は皇后。次いで、四妃が君臨した。恵妃《けいひ》、麗妃《れいひ》、華妃《かひ》、貴妃《きひ》の名を持つ四人の妃嬪である。

その下が、六妃だ。こちらにも、六人それぞれに、位に応じた名前がある。六妃より上の位を持った妃は上級妃嬪と呼ばれていた。

その辺りの抗争に、青楓は当初興味がなかったので、「要するに、出世すると名前が変わる」と理解していた。

通常、順当に出世する妃嬪は、瑞花宮を出て吉祥宮へと部屋を移す。さらに気に入られれば、六妃が治める宮の一室を与えられる。いずれは四妃の宮へと。そこから、寵愛を得れば六妃や四妃の位を与えられる者が出るという具合だ。

つまりは、段階が決まっているのだ。

それなのに、青楓に新しく割り振られたのは――鶴恵宮。四妃の一人、金恵妃を主とする宮であった。とくに金恵妃は、四妃の中でも皇帝のお通りが多い。いわゆる、「寵妃」である。この宮に青楓が部屋を移すには、通常、少なくとも、三回は引っ越しを経験せねばならない。

金恵妃は、いま、もっとも皇后に近いと言われる存在だった。否、子を成せばすぐにでも、皇后になるかもしれない。

ここは上級妃嬪と、その候補者の住まう宮だ。

ことに、青楓は段階を飛ばした大出世であった。

確実に目立つ。飛び越えてしまった多くの妃嬪どころか、六妃、いや、四妃から目をつけられるのはまちがいない。

「ああ……ああ……」

青楓は几に両肘をつき、頭を抱え込んだ。口からは、ついついうめき声が漏れてしまう。

紅劉の条件を呑んだあと、青楓は瑞花宮へ帰された。が、翌日には、引っ越しが敢行される。たっぷりの人員を使って、たった一日で。

そうやって整えられた鶴恵宮の個室は実に広くて、快適であった。

瑞花宮では壁を埋めるように積みあがっていた書物の山は、きちんと書架におさまっている。壁面積が広いため、書架を買い足したのだ。

調度品は地味だが、良質だった。華美な装飾を好まない青楓の趣向にあっている。

ただ、窓が広いのは解《げ》せない。

部屋の壁一枚に相当する面積が、ほとんど硝子張りの窓であった。これだけの広さの窓が入っていては、書物が日焼けしてしまう。帳《とばり》を用意せねばなるまい。

だいたい、硝子は高級品である。それを、このようにふんだんに使用した個室……いくら金がかかっているのだろう。紙が何枚買えるというのだ。考えるだけで、めまいがしそうだった。

「娘娘、お部屋が広くなって、よかったですね！」

「よくありません！　たしかに、綺麗にはなりました。書物をいちいち積みなおさなくてもいいですし……でも、あんまりです。このような大出世をさせられたら……私、目立つではないですか！　静かに創作活動がしたいだけなのに！」

たしかに、格段に環境がよくなった。

給金もあがるはずなので、好きなだけ紙を使い、好きなだけ書物を買うことができる。

しかし、出世には、それだけ面倒ごとがつきまとう。鶴恵宮にいながら、朝儀を欠席することなど許されない。

妃嬪たちは、大出世した青楓に興味津々だという。今日も、「茶会に来ませんか？」という妃嬪たちの誘いを受けそうになってしまった。おそらく、嫌がらせか、自分の派閥に引き入れようという算段である。

妃嬪たちは徒党を組んで、自分の身を守りながら、相手を蹴落とすことで忙しい。下級妃嬪のあつまる瑞花宮では、派閥意識はうすいが、上級妃嬪やその候補者だと話は変わる。

これでは、肝心の創作活動が進まない。

せっかく手に入れた最高の後宮生活が台無しである。

「翔妃、本当におめでとうございます。この紫珊……あなた様は必ずや、大家に見初められる逸材と思っておりましたよ！」

女官の紫珊が都合のいいことを言っている。憎々しい。青楓は獣のような視線で睨んでやるが、まったく効果はなさそうだ。彼女は、青楓と紅劉がどのような約束を結んだのか、知らないのである。

「はあ……探れと言われたって……」

紅劉は金恵妃を探れと言った。

呪詛と襲撃の痕跡がないか、鶴恵宮を捜索せよと。

鶴恵宮に住まうのが一番であることは、理解できる。さらに、ここは瑞花宮よりも警備が厚い。

だが、本当に金恵妃が首謀していた場合……身の安全を保障するという約束は反故《ほご》になる。

青楓は、刺客が偽装であると踏んだが、実際にそうであるという確証はどこにもないのだ。だからこそ、紅劉も「探れ」と言っているのだから。

だいたい、呪詛は青楓も専門外だ。早速、蔡倫に資料を請求してみたが、あれは実用性を証明するのが、むずかしい。なにせ、だれかを呪う必要がある。青楓が小説の題材にしたことがないのも、そこに起因していた。

いや。

真意はべつにある。

このように、青楓を大出世させた意味も。

使い勝手のいい囮だ。

いまの青楓は、とにかく目立つ。一挙一動が注目される存在だった。そうなった青楓を見て、襲撃の首謀者はどのような反応をするか。

それを見ているのだ。

「冗談ではありません……」

こんな生活をするために後宮へ入ったわけではない。出世してしまったら、いつもの「妹の身代わりとなった姉」という皮をかぶって同情を引く手も効果がなくなる。

「失礼いたします」

青楓が悶々としているところへ、来訪者があった。

高めだが、威圧感のある声なので、だれだか予測がつく。青楓はふり向かずに、そのまま几に顔を伏せた。

「大家から、お届けものです」

そう言いながら、でかい・ごつい・厳ついの三拍子がそろった宦官・碧蓉が入室する。しかも、彼は片手で軽々と大きな荷物を持ちあげていた。木製の大きな……これは？

「やはり、報酬がなにもないのは義に反するということで……大家が特別に仕入れを命じた品です」

重厚な音を立てながら、荷物が青楓の目の前に置かれた。

「こ、これって……」

「西域の書きもの几にございます。好きな場所に配置しますよ」

飴色で落ち着いた色合いの木材は、樫だろうか。葡萄《ぶどう》の精密な模様は職人技の域だが、華美ではないのがいい。脇には引き出しがついており、便利そうである。小さな書架も備えつけてあった。

とても使いやすそうだ。こんな几が、ずっとほしかった。

気がつけば、青楓は食い入るように几をながめてしまう。思わず、愛用の片眼鏡を使って几をよく観察した。

「前金だと思って、お受けとりください」

碧蓉は無感情で告げながら、几の上に追加の品を置いた。

洋燈である。青楓が最初に所望した、陽明宮の洋燈だった。これがあれば、夜でも存分に執筆できる。

最高だ。と、思った瞬間に、青楓は絡繰《からく》りに気づく。

これは青楓に与えられた飴だ。

「し、しかし、こんなものを受けとってしまったら……」

「不肖ながら、この韋碧蓉。大家の命により、翔妃の安全を保障いたします。他にも、身の回りのことで、こまったことがありましたら、おもうしつけください。梁紫珊には、しばらく、お暇を与えましょう」

碧蓉は、やはり平坦な声でつづけた。

紅劉は青楓の安全を確保するために、碧蓉を寄越したのだ。それはとても、ありがたい話だ。青楓の周りには侍女の桃花と、女官の紫珊くらいしかいない。そして、紫珊は事情を知らないため、今回は青楓から遠ざけるようだ。

が、これは楽観視できない。

「……見張り、ですよね？」

「察しがよろしくて、助かります」

肯定されて、青楓は嫌気がさした。

碧蓉は護衛であり、監視だ。青楓の周囲を警戒するだけではなく、青楓を見張っている。青楓が得た情報をいち早く紅劉へと伝達するだけではない。青楓が紅劉との約束を破れば、あるいは、裏切れば即座に始末される。

妃嬪とは言え、青楓は下級貴族の出身だ。後ろ盾もなければ、後宮での味方もいない。青楓は孤立しているのだ。

碧蓉は味方ではない。むしろ、口調からも「大家から命じられたから、そのように振舞っている」だけなのである。

では、紅劉はどうだ。

彼は、青楓の味方か。

いいや、ちがうと青楓は思った。現状では、紅劉は敵だ。

青楓は紅劉の寵愛など得ていない。ただの駒である。使えるあいだだけ、生かされる駒なのだ。

青楓の打つべき最善手は――。

「……大家とのお約束を達成すれば、私の待遇をもとに戻していただけますか？」

「少なくとも、大家はそのつもりでございます」

「そうですか」

信用はできない。

だが、やるしかない。

紅劉との約束を果たしながら、この後宮内で青楓の身を守る味方を得る――これが青楓の打てる最善手であった。

そして、ふたたび……平穏な創作生活を送るのだ。

二

妃嬪たちの朝は早い。

いつもの香の匂いで起きるが、そこはいつもの部屋ではなかった。このような経験は、実家を出て後宮へ入って以来だ。

おちつかない部屋の寝台で、青楓は目を覚ましてしまう。ああ、起きてしまった。起きてしまったからには、朝儀に出なければいけない。

朝儀など、いままで、後宮へ来て数日間しか参加していないのに。

いわゆる、朝の集会だ。毎朝、定刻に執り行われる。

後宮の妃嬪一同があつまり、皇帝に顔を見せるのだ。と言っても、皇帝は並んだ妃嬪たちに声をかけることはない。ただ姿を見せるだけであった。下級妃嬪たちは、そこで皇帝に顔をおぼえられて見初められる……などという甘い夢を抱いている。その確率など、万に一つしかないのに。

　無意味な儀式だ。

　出席する価値などない。青楓は、ずっと仮病で拒んできた。

　しかしながら、いまは鶴恵宮に個室を持つ妃嬪である。周囲から見れば、上級妃嬪候補。

　そして、この場は四妃たちの動向を見るのにも重要になる。べつの意味での勝負どころであった。

「娘娘、おはようございます」

　青楓の目覚めを確認して、桃花が笑ってくれた。彼女だけは、以前と変わらない。幼そうに見える顔で青楓の体調について問い、朝餉を勧めてくれる。

　青楓はいつものように片眼鏡をつけ、書物をめくった。

「鶴恵宮の侍女たちにうかがい、本日は白色のお召しものを用意しました。四妃の宮に住む妃嬪は、みなさま、着物の色をそろえるそうです。鶴恵宮は白と聞きました」

「あら、もう他の侍女と仲よくなったのですか？」

「はい。みなさん、よくしてくださいます。親身になって、相談にのってくれました」

「きっと、桃花が可愛……いいえ、よく働くからですね」

「もうっ、娘娘。桃花は、かわいくなどありませんっ。からかわないでください」

　朝は、そのような会話をした。

　思えば、このときに、少しでも「おかしい」と気がついていればよかったのかもしれない。

　と、朝儀に出席したあとで、青楓は軽く後悔した。

「ずいぶんと、ふざけた格好だ」

　朝儀の席。

　並んだ妃嬪のあいだから、声が割って入った。

　青楓は、「やはりですか……」と項垂《うなだ》れそうになる。

　もう遅いので、そんな素振りなどしないが。

　青楓の衣は桃花が選んでくれた白だ。

　けれども、朝儀に出た瞬間に悟った。

　桃花は騙されたのである。鶴恵宮の侍女たちは、不慣れな桃花に優しくするふりをして、いじめを行ったのだ。

　周囲にいる鶴恵宮の妃嬪たちは、一様に桃色の衣をまとっている。青楓だけが、白い衣――本来は雀麗宮の妃嬪が身につける色だ。

　考えれば、わかったことである。

　朝、部屋を出る際に、碧蓉とも顔をあわせた。どうせなら、そのときに指摘してくれればよかったのに……青楓は美丈夫になり損ねた偉丈夫宦官の意地悪そうな顔を思い浮かべた。

彼は青楓を好ましく思っていない。十中八九、わざとだ。それどころか、青楓が悪目立ちをして、囮としての役割を果たせばいいと考えている気がする。

「白は雀麗宮の色……そんなに鶴恵宮がいやならば、瑞花宮へ帰ればよい」

高圧的な態度で、声をかけながら青楓に近づいてくる妃嬪がいた。

白い襦裙に身を包んでいる。白は清楚で無垢な印象を与える色だが、彼女の場合はちがった。

水晶を中心とした装飾品が光を吸って煌めいている。銀糸の刺繍で描かれた雲雀《ひばり》が見事で……青楓は、つい衣の値段を計算してしまった。そして、途方もない額だとわかって、やめる。

あきらかに、周りの妃嬪とはちがっていた。

彼女が雀麗宮の主にして、麗妃の位を持つ四妃――蘭麗妃であると、すぐにわかる。現後宮で唯一、皇子を産んでおり、寵妃である金恵妃を除けば、この蘭麗妃がもっとも力を持っていた。

蘭氏は武官の家系である。

蘭将軍と言えば、金国との戦争でも多くの武勲をあげた名将だ。父親の功績もあり、蘭麗妃は後宮でも高い位を戴いている。彼女自身も武に長けており、とても優れた武人であった――と、碧蓉がまとめてくれた資料に書かれていた。

朱国では、女でありながら官吏になる者は多い。だが、武官となる女性は少ないだろう。

「場をわきまえておらず、もうしわけありません」

青楓は礼をしながら、まずは蘭麗妃に詫びる。けれども、それで相手の気はおさまることはなさそうだ。

蘭麗妃は、まるで芥でも見るような視線で青楓を観察した。

「凡庸な見目……着物も安物であろう？　裸で歩く猿と変わらぬではないか」

虫も殺さぬような麗しい顔に反して、言葉には毒があった。口調も武官めいている。なんとなく、碧蓉と話をしている気分になった。

「はい。本日の着物は侍女が安く買ってくれたものです。無駄なお金を使わずに済みましたので、満足しております。自慢の侍女でしょう？」

青楓の受け答えに、蘭麗妃が顔をゆがめた。

とくに張る見栄もないので、正直に述べてみたのだが、気に障《さわ》っただろうか。まあ、この手の女性は青楓の一挙一動が気に入らないのだろうとは思う。仕方がない。

「まるで貧乏人だな」

「はい。蘭家のように、ご立派な実家でもありませんので……私も、かわいい妹の代わりに売られて後宮へ入りました」

「はっ！　それが、大家に少々気に入られた程度で舞いあがっているわけか。滑稽だ。貴殿のような行き遅れなど、すぐに飽きられるのが落ちだぞ？　物珍しがられているだけだ」

「はい、本当にそのとおりだと思います」

思ったとおり、上級妃嬪相手に、不幸な身の上話は効果なしである。

実際は、夜伽もしていなければ、妃として重宝されているわけでもないのだが。ここは正直に答える必要などないだろう。

青楓が淡泊に答えると、蘭麗妃は不機嫌な唇をかくすように扇を広げた。

「まことに不愉快な女だ。なるほど、蛮族の宮に配されるわけだ」

蛮族。というひびきに、青楓は初めて眉を寄せた。

ようやく青楓の表情がくずれたのを確認し、蘭麗妃が三日月のごとく目をほそめる。

「野蛮な金国の宮には、似合いの新入りだと言ったのだ。粗悪で凶暴な下等民族。貴殿も、その仲間だと思われたのだろうよ……あのような蛮族、滅してしまえばよかったのだ」

「……お言葉ですが、蘭麗妃」

青楓の声は、至極おちついていた。自分でも不気味なほど、冷静で冷淡で、思考が冴えている。

桃花を拾った当時を思い出した。

彼女は金国の戦争孤児だ。奴隷として捕らえられ、死ぬ寸前まで働かされていた。青楓と出会っていなかったら、ひと月も経たずに死んでいたかもしれない。

いまだって、桃花は毎朝髪染めを行い、周囲に金国人であることを悟られないようにしている。金国人を侍女にしている青楓に迷惑をかけないためだ。

しかし、青楓は知っている。

青楓が「桃花を原型に小説を書く」と言ったとき、照れくさそうに、そして、うれしそうに笑っていた。書物は読めないが、金国の資料をあつめると、青楓とおなじくらいよろこぶのだ。金国について聞くと、たいそう得意げに、誇らしそうな顔で語ってくれる。

桃花は蛮族などではない。

彼女が愛する祖国もすばらしいのだろうと、青楓は信じている。そうでなければ、桃花の小説など書こうと思わない。

「大家が帝位に就いて最初になさった外交は、金国との和平にございます。和平を強固にするため、金恵妃を妃にむかえました。その功績を否定する。それは、大家を侮辱するのと同義になりませんか？　撤回を要求します」

正論を言いながら、ふつふつと、べつの言葉もわきあがる。

青楓が言いたいことは、これではない。

「虎の威を借る狐だな。都合が悪くなると、大家を持ち出すのは蛮族の女とおなじか。大家の功績と言うならば、なおのことであろう。あの方は、金国との戦で名をあげ、武勲を重ねてこられたのだ。何千、何万という軍を破った常勝の将である。だのに、和平などと……」

現在の蘭氏は先帝の時代ほど、権力を持っていない。紅劉が皇帝として即位したときに、地位を落とした貴族の一人と言われていた。紅劉は金国との和平を結ぶために、武官の高すぎる権力を抑えたかったのだろう。

紅劉自身が武官の出身であり、彼らに権力を持たせすぎれば自分の地位が危ういことを熟知している。賢明な措置だと青楓は思うが、蘭氏は納得しないはずだ。蘭麗妃の言動にも、それはにじみ出ていた。

「しかし、現に大家は」

「黙れ。貴殿のような鼠《ねずみ》が語る資格などない」

「そのような――」

言葉をつづけようとして、青楓は思いとどまった。

いつものように、淡々と説明をして差しあげようと思ったが……やめる。

彼女には理解できないのだと本能的に悟ったからだ。

ときどき、いるのだ。どんなに言葉を尽くしても、どんなに腐心しても、絶対にわかりあえない人間が。努力では埋められない壁が存在する。

青楓は相手には、なるべく懇切丁寧に説明することにしていた。しかし、理解できない者には、なにを言っても無駄だ。そういうものだと知っている。これ以上の言葉は、馬を相手にするのと同じだ。

されど――なにか言わずにはいられなかった。

恥ずかしい話だが、これはただの憂さ晴らしである。

そのために言葉を重ねるなど、青楓には珍しい事象だった。

『失礼ながら……あなた、莫迦ですか？』

青楓が発したのは金国語だった。

金国を調べるにあたって学んだのはいいが、発音するのは桃花相手以外だと初めてだ。

「？」

唐突に、青楓の口から金国語が飛び出して、蘭麗妃は眉を寄せている。なにを言われたのか理解できていないようだ。周囲の妃嬪たちも、わかっていない様子だった。

確認できただけで結構。これで、なにを言っても相手には通じていないので平気だ。

好き勝手に言える。

『同じ朱国の文明人とは、思えない発言ですね。狗《いぬ》のほうが賢そう。言葉が通じないというのは、嘆かわしい。このような母を持って、皇子はおかわいそうですね』

「貴殿、さっきからなにを……穢らわしい異国の言葉など」

『あなたが嫌っている金国の言葉です。そんなに嫌っているというのに言葉がわからないのですか？　もったいない。それほど忌み嫌うのなら、私でしたら学びますのに。だって、自分の嫌いな人が、どのような言葉を吐きながら死ぬのか聞きたいと思いませんか？　そういうの、お好きそう。あなたのような醜悪で短絡的な性格ならば、さぞ愉しいでしょうに……残念ながら、私にそのような趣味はありませんけれど。でも、悪役の作り込みには、役立ちます』

「なにを言っておるのかと、聞いているのだ！」

一方的にまくし立てるが、蘭麗妃には伝わっていない。青楓一人が、実に気分がよい心持ちであった。

小説の登場人物にすれば、蘭麗妃のような人間もおもしろいかもしれない。

悪役にしよう。主人公・永花を追い詰める下劣な悪役である。そして、桃花が知恵と勇気を振り絞って打ち勝ち——いやいや、それでは、三流の娯楽小説のような展開だ。勧善懲悪はとてもわかりやすいが、ありきたりである。唯一性のない作品など、すぐに廃れてしまうのだ。

ここは思い切って、悪役ながら大出世させてしまおう。百五〇頁ほど使用して主人公とはもう交わらない人生を描写するのがいい。

人生にはいろいろあるのだ。必ずしも、主人公とからめていく必要はない。むしろ、不自然だ。作り物らしさが増すと、読者も興ざめするだろう。

「ふふ。ふふふ……」

いつもなら、即座に筆を執る。けれども、いまは朝儀の席であった。執筆に移ることができず、心のうちに想像をためこんでいくほかない。知らず知らず、青楓は奇怪な笑い声を漏らしてしまっていた。

呆然とする蘭麗妃。

不気味に笑う青楓。

「おもしろい人」

二者の構図に入りこんだのは、凛として、だが、穏やかな声音だった
薄桃の絹を鮮やかに着こなす細い肢体。蓮の刺繍が可憐であり、豪奢《ごうしゃ》でもあった。その顔は天女の羽衣のような蓋頭をかぶっているせいで、よく見えない。紅をさした口元だけが、うっすらと笑っている。

後宮において、妃嬪が顔をかくす意味などない。

だのに、その妃嬪は顔を見せずに朝儀に参加していた。

「翔妃、だった？」

ゆっくりと発せられた朱国語は、ややおぼつかないが、とても淑《しと》やかであった。蘭麗妃の高圧的な態度とは、まったくちがう。

この後宮において顔をかくす妃嬪は一人だけである。

碧蓉のまとめた資料に記述はあったが、本当に顔が見えないとは思わなかった。

「翔青楓にございます……金恵妃」

青楓は姿勢を正し、礼をとる。

金恵妃は蓋頭の下で満足そうに笑った気がした。

さきほどまで威勢のよかった蘭麗妃が急に黙る。さすがに、本人を前に攻撃的な言葉は吐かないらしい。

というよりも、現在の後宮において、もっとも皇帝の寵愛を得ているのは金恵妃だ。皇后のいない後宮では、四妃の中で一番権力があるとも言える。

蘭麗妃も皇子を産んでいるため、発言力はあるが……むしろ、力関係が拮抗しているゆえに、直接、うかつなことが言えないのだろう。

とはいえ、さきほどの会話も、金恵妃には聞こえていたようだが。いや、蘭麗妃としては、青楓を罵ることで、間接的に金恵妃に聞かせていたのかもしれない。

女の戦場はおそろしい。陰湿である。

こんなところからは、早くおさらばしたいものだ。青楓はすでに疲れ切っていた。

「翔妃。あとで、お茶をしよう。あなたのこと、とても興味ある」

金恵妃は蓋頭で顔をかくしたまま、青楓を誘った。

誘いと言っても、これは断れる類のものではない。四妃は青楓よりも、はるか上の位だ。どちらかというと、命令に近いものだろう。

いつのまにか、蘭麗妃が自分の位置へと戻っていった。

『さっきは、ありがとう。あなたとは、お友達になれそうな気がする』

逃げていった蘭麗妃のほうを見もせずに、金恵妃は金国語で言いなおした。

素直に好意を寄せているのだとわかる。もしくは、好意を寄せているように装っていた。

「……こちらこそ、ありがとうございます」

どちらの意味にせよ、青楓のとるべき行動は決まっている。

「慎んで、お受けいたします」

金恵妃との茶会は好機である。

同じ鶴恵宮に住むとは言え、いきなり四妃との接触などありえない。どのように近づこうか、考えあぐねていたところだ。

金恵妃を探って、他の四妃も刺激する囮となる。これが青楓の役目である以上、取りこぼしてはいけない。

ああ……執筆時間は、どうしましょうか……。

朝儀の間、青楓は頭の中で必死に執筆時間の捻出を考えていた。しかし、どうあがいても短いという結論にいたるたびに、ため息をくり返す。洋燈をもらったので、夜も書けるのが救いだった。

壇上に皇帝――紅劉が現れた瞬間に、その鬱憤《うっぷん》を視線にのせた。それはもう、とびきりの憎悪を感じていただけるように。いっそのこと、呪詛にも近い感情をこめたはずだ。もちろん、本気で呪い殺すつもりはない。

それなのに、紅劉は青楓どころか、妃嬪たちを一瞥もしない。粛々《しゅくしゅく》と朝儀の時間が過ぎていく。紅劉の一挙一動が手慣れており、流れるようだ。考えてみれば、青楓以外の人間にとって、朝儀は習慣である。日常をこなしているに過ぎないのだ。

結局、紅劉がこちらを見ることなく、朝の儀は終わっていく。

周囲の妃嬪たちからは、「もしかすると、皇帝の目にとまるかも」という淡い期待が見てとれる。それは前列へいくほど、強い傾向にあるようだ。着物や装飾品に対する気合いの入れ方がちがう。

同時に、あまり目立った行動をしない、という自粛の空気もあった。

出る杭は打たれる。蘭麗妃が青楓に目をつけたように、いつ、自分が悪意におそわれるかわからない。

ここでは、目立つという行為は必須であると同時に、危険。矛盾する意味をもっている。青楓のように、隅で小説を書きたいなどという妃嬪はいないのだ。

「あ……」

ぼんやりと朝儀が終わるのを待っていた青楓の視線の先で――ふと、紅劉と目があった。

それは事故のようなものであったかもしれない。鶴恵宮の妃嬪たちの中で、一人だけ白い衣なのは目立ちすぎる。だから、たまたまだ。

「………………！」

青楓の気を知ってか、それとも、わざとか。紅劉はいままで引きしめていた表情を、ふわりとゆるめた。

刃のような切れ長の目が、瞬間的にほころぶ。厳粛な空気が一変して、ほろりとやわらいだ。この男は、あんな表情もするのだと初めて知る。

だが、青楓の背筋には悪寒《おかん》がはしった。

様々な、視線が、青楓に、突き刺さる。

いままで、少しも妃嬪たちに目を向けていなかった皇帝が、青楓に笑いかけたのである。それも、朝儀の最中に。

なんてことを、やってくれるのですか！

青楓を囮にするつもりなのは理解していたが、いくらなんでも、やりすぎだ。周りが敵ばかりになる。

どうやら、自分を駒として使っている男は、ありえないほどの鬼畜らしい。畜生だ。最低である。

だれかを罵ってやりたいなどと、青楓は初めて思うのだった。

三

朝儀はまさに、女の戦いであった。

青楓は疲れた身体を引きずるように、自分の個室へと戻る。が、すぐに次の準備をしなくてはならなかった。

「娘娘、本当にもうしわけありません！」

騙されたとはいえ、主人に恥をかかせてしまった。桃花は自分の失態を詫びるため、青楓に言葉を尽くす。

「いいえ、桃花。いいのです……そんなことよりも、少し休みた――」

「娘娘、この桃花に挽回の機会をお与えください！　必ず、ご期待にこたえてみせます！　金恵妃との茶会ですね！」

「いえ、私はとりあえず、休——」

「まずはお召しものを！　娘娘が他の妃嬪に劣らぬよう、お化粧もがんばりますね！　御《お》髪《ぐし》も結いなおしますので、少々お待ちください！　大丈夫です。こんなこともあろうかと、桃花はいただいたお給金を使って、たくさん反物を買って衣装を用意しておりました！」

「待って！　待ってください！　私、休みたいです。だいたい、お金は、桃花にあげたのです。どうして、それで私の着物を!?」

「娘娘は一番お美しいと証明するためです。ご安心ください。この桃花、毎夜毎夜、美しく飾った娘娘のお姿を想像しながら手縫いしておりました……ああ、娘娘が袖を通す機会がきて、桃花は幸せにございます！」

「妙に荷物が増えたと思っていたら……！」

失態が桃花の心に火をつけたようだ。桃花は幼い顔に闘志をたぎらせながら、青楓の衣装箱を開く。

あまり着る機会はないが、そこには後宮へ入るときに購入した着物の数々が押しこめられていた。桃花が縫ったという、見たことがない衣装もある。化粧箱も、存外しっかりしたものがそろえられていた。

桃花は瑞花宮にいたときも、朝儀に出ない青楓に、ちょっとした不満を述べることがあったのを思い出す。もしかすると、彼女はずっと機会をうかがっていたのかもしれない。

「この桃花、娘娘は金恵妃にも負けることなどありえないと思っております！　娘娘は文句なく、お美しいのです！　本気を出せば、天女にも劣りませぬ！」

「いえ、べつに金恵妃と美を争うわけではないのですよ？」

「娘娘が一番美しいと、見せつけてやりましょう！」

「聞いていないのですね」

普段の無精を間接的に非難されている気がして、心が痛い。

そんな桃花が気合いを入れて着物を選び、化粧をしたので、行き遅れの無精者と名高い青楓も、それなりの美女になったはずである。

姿見で青楓は自らを確認した。

目の下の隈が白粉でかくれている。唇を飾る紅は艶めかしく、大人の色香を強く感じた。すっきりまとめあげた高髻《こうけい》には、銀製の簪が挿さっている。これは母親が授けてくれたもので、青楓が持っている宝飾品の中では一番高価であった。濃紺の衣を大きく飾る芍薬の刺繍が麗しく、自分のことを美姫であると錯覚してしまう。

桃花の腕前は一級だ。青楓のような無精者を後宮の妃嬪らしく変身させるのだから。

「いいえ、娘娘の素材が最高だからです。娘娘はご自分を過小評価しすぎです。本気を見せつけてやるのです！　娘娘が後宮に入ると聞いたときから桃花の夢でありました。娘娘の美しさを広めるのは、桃花の生きがいにございます！」

ひと仕事終えた桃花は、満足そうに汗を拭っている。

「これは……見違えましたね」

金恵妃との茶会へおもむくために、部屋から出てきた青楓を見て、碧蓉が「ほう」と目を細めた。おおむね、青楓と同じ感想だ。だが、桃花にとっては、気に入らない反応だったらしい。

「見違えたとは、失礼です。娘娘の美しさは、後宮においても一番です。もともとから、美しいのですから。碧蓉様の目は節穴なのでは？」

青楓一筋で周りが見えていない桃花に反して、碧蓉は後宮の美女を見慣れている。おまけに、碧蓉は皇帝の側近だ。いくらなんでも、その物言いは桃花の立場を悪くする。

「桃花、そのあたりに……」

「失礼しました。翔妃をあなどっておりました。謝罪しましょう。翔妃は後宮に相応しい佳人でございます」

青楓が助け船を出す前に、碧蓉が深く頭をさげていた。想像以上に素直なので、青楓も毒気を抜かれる。

「えっと」

青楓が戸惑っていると、碧蓉はいつもと変わらぬ態度に戻る。

「少しばかり、大人げなかっただけです」

「はあ……」

青楓には言葉の意図がわからなかった。

「趙華妃の不審死を受けて、さきに大家より、四妃の調査をおおせつかったのは、某でしたので」

「なるほど」

仕事をとられて、拗ねていた。そういうことだろうか。

でかい・ごつい・厳ついの三拍子がそろった宦官は、あまり感情を表に出さないようにしているようだ。

「お仕事なら、いくらでもおゆずりしますのに」

「いいえ、大家のご判断が正しい。宦官の某では、限度がございますからな。現に、調査は進みませんでした……ただ、いくらなんでも、翔妃のような凡庸な妃を選ばなくとも、と思っておったただけです」

「辛辣ですね」

「ええ」

凡庸、などという言い回しをしているが、本当は「行き遅れの愛書妃」と言いたいのだ。空気でわかる。それでも、そうとうに失礼な言い方ではあるのだが。

「翔妃は凡庸なのではなく、ただの無精者であると、はっきりわかりましたので」

「褒めていると思ったら、やはり、貶《けな》していますよね？」

「そのようなことはありませぬ。普段の装いは、翔妃の素材を落としているのです。侍女の化粧が上手いのではなく、翔妃の趣味がよろしくない」

「絶対、貶していますよね？」

碧蓉が青楓にあまりいい感情を持っていないことは、よくわかった。朝儀の衣を指摘しなかったのも、そうだ。

青楓を陥れるつもりはないようだが、味方として期待するのは、やはりよくない。

「大家の利になるかどうか判断するのも、某の役目です」

「はあ……ずいぶんと、お慕いしていますのね」

「はい」

碧蓉の返事には、一切のくもりがない。

一方の青楓は紅劉という男に対する評価を、どうくだすべきか決めかねていた。

たしかに、皇帝としての覇気がある。いくつも死線をくぐってきた強さを感じる瞬間があった。不服だが、後宮で自由に動ける青楓を駒に選んだのは、まちがった判断ではないと思う。

他方で、短絡的で突発的な行動も目立つ。

刺客を自ら撃退したのもそうだが、あの状況で宦官を名乗ってごまかせると思っていたのが、ありえない。どうして通用すると思ったのか、理解に苦しんだ。

そうかと思えば、青楓に取り引きを持ちかける狡猾さもある。断れない状況を作って、追いつめられてしまった。

「大家って……嘘が下手ですよね？」

「……そのようなことはございません。大家は聡明で、皆から慕われております」

「いまの沈黙はなんですか」

「武人としてのご活躍が華々しい方です。正々堂々とした振る舞いを好まれる人間でして。向き不向きがございます」

「それにしても、苦しい嘘や短絡的な行動が見られる気がしますが……あれで、政務がつとまっているのでしょうか？」

「あまり侮辱しないでいただきたい。大家は少々短慮な一面もございますが、まちがった判断はしません。ただ、発言前は熟考するように、ときどき、うながさなければならないだけです」

　碧蓉が紅劉を慕っているのは、まちがいなさそうだ。だが、おそらく、苦労もしている。紅劉には女房役、否、媽媽《マーマ》が必要なようだ。

　この国の上層の構造が見えてきた。

　紅劉という先導者がいて、側近の碧蓉が頭をつとめているのだ。それで機能している。それも、傀儡《かいらい》化しているわけではなく、あくまでも手綱をにぎるのは紅劉である。

　青楓との会合でも、碧蓉が紅劉に意見していた。つまりは、そのような立場にあるが、基本的には、紅劉の意思が尊重されるのだ。

　これが皇城でも成立しているのだとしたら、紅劉はしっかりと実権をにぎった皇帝なのだろう。

「碧蓉殿のお立場なら、帝を喰うことだって可能でしょうに」

皇帝を傀儡として据え、実権は官吏や宦官がにぎるなど、めずらしくない。実際、韋氏はそれをねらって、紅劉の命を救って育てたのだろう。

「某には、無理です。その器にありません。それに、某が大家に忠誠を尽くしたのは、もう十代のころであります」

「そんなに前から……？」

碧蓉の年齢は知らないが、紅劉は青楓と同年代だったはずだ。彼と紅劉は、そんなに歳が離れているようにも見えなかった。

紅劉が武官であったころは、韋雲龍《ユンロン》と名乗っていた。韋氏に育てられ、皇族という事実は伏せられていたらしい。韋碧蓉とのつきあいは、長いことが推測される。

だが、不可解なことに、韋氏自体は紅劉の即位によって、辺境へ左遷《させん》されていた。氏族の中で碧蓉だけが側近の器におさまっているのだ。

青楓は官吏や政治屋ではない。皇城でなにがあったのか興味はないが……碧蓉が韋氏を裏切る手はずを整えたのは、容易に想像できた。紅劉を傀儡の飾りにせぬよう、実権を掌握《しょうあく》させるためだ。

「なんにせよ、たいそうな溺愛ぶりですね」

嫌みのつもりだった。実際に、碧蓉は紅劉に心酔しているように見える。自分の家長を騙し、紅劉に政治の実権をにぎらせるような男だ。よほどの忠義がなければ、つとまらない。

巷の大衆小説で、紅劉はたいそうな偉人として書かれている。功績にはまちがいはないが、脚色も多いだろう。おそらく、彼らが行ってきた政は、きれいごとばかりではない。

「はい。大家に命を絶てと命じられれば、喜んでさしだします」

碧蓉が厳つい顔の筋肉をゆるめる。目尻がさがり、口角があがっている表情は……もうしわけないが、気色が悪い。不細工ではないが、普段とのちがいがありすぎて、反応にこまるのだ。

これは紅劉が優れているのか、碧蓉が変なのか、判断できない。

「まあ……謀反の可能性があるより、安心ですね」

紅劉の次の皇帝が文化に理解があるとは、限らないのだ。謀反を考えない側近は、実に都合がいい。青楓にとっても、よろこばしかった。

鶴恵宮での茶会とはいえ、青楓はずいぶんと歩いたように思う。

四妃にあたえられる宮は大きい。青楓がいた瑞花宮のほうが妃嬪の人数も多かったのに、ここはその倍はある。

行き交う侍女や下女の数も、非常に多い。雅な庭も広大で、逆に見飽きそうだ。

鶴恵宮の装飾は朱を基調としているが、華美ではない。だが、要所に金細工が施《ほどこ》してあったり、多色づけの高価な陶磁器が当たり前のように飾ってあったりして、気が休まらなかった。

青楓の個室と同じように、窓にはきちんと硝子もはまっている。硝子は一枚一枚が高価な工芸品なのだ。それを惜しげもなく使用していると考えると、気が遠くなった。

そんな宮の中を通って、ようやく、青楓たちは金恵妃の部屋にたどりつく。

「娘娘、がんばってください!」

息巻いている桃花を横目に、青楓は極彩色の扉を観察する。すぐに書物と紙の値段に換算しようとした。悪いくせだ。どうせ、高額すぎてあきらめてしまうのに。

「某は、こちらで」

侍女の桃花は毒味もかねるので、そのまま入室するが、碧蓉は宦官だ。表に立って待つらしい。

後宮に出入りできる身でありながら、四妃の調査がうまく進まなかったのは、このためだろう。彼では、四妃に会うことができても本音を聞き出す場面に持ちこめない。どうしても、尋問という形しかとれないのだ。

青楓は金恵妃の侍女に案内されるまま、入室した。

続き間になっており、思いのほか広い。

瑞花宮の個室とはくらべものにならなかった。青楓の新しい部屋よりも広い。ここならば、本当に好きなだけ書物が置けるだろう。給金だって、きっといい。さすがは、四妃だ。

調度品はおちつきのある飴色が多かった。そういえば、陽明宮で紅劉と対面した部屋も、似たような調度品の色だったと思う。金恵妃は、皇帝の寵妃だ。おそらく、これは紅劉の趣味でもあるのだろう。

ところどころ、獣の革が使用されている。絨毯や、卓布は羊の毛からつくられていた。あしらわれた模様も、金国でよくもちいられるものだ。

「お待たせしました」

「全然、待ってない」

低いとも高いとも表現できる、中性的な声だ。

顔はあいかわらず、羽衣のような蓋頭でかくされていた。みずみずしい唇だけが、こちらから見える。

首までかくして、肌をあまり見せない襦は、後宮においては珍しいかもしれない。それでも、色や柄の華やかさで、充分、美しさを感じるので不思議だ。肩が羽のように広がって見えるのも、雅な意匠である。

蓋頭のすきまから、金国人らしい灰色の髪がひと房、肩にかかっているのが見えた。毎日染めているが、桃花の髪色も、本来はこうだ。

金恵妃は青楓に、席へつくよう勧めた。

うながされるままに、青楓は茶の席にすわった。

『金国語が話せるの？』

開口一番、はずんだ声で問われた。金国語だったので、青楓は反応がおくれてしまう。

だが、すぐに笑みを浮かべた。

『左様でございます。こちらの桃花に教わりました』

青楓が自慢の侍女を示すと、金恵妃は興味津々の様子で身を乗り出した。

『私の侍女は金国の出身です』

『本当？』

金恵妃のうしろにひかえる侍女たちは、会話の内容を理解していないようだった。この流れなら、桃花の正体を明かしても大丈夫だろう。

青楓に紹介され、桃花も愛想よくお辞儀してくれた。

『おどろいた。また祖国の言葉が聞けるなんてね』

金恵妃は「ふふ」と、上機嫌だった。

『遠慮なく食べて。お菓子はあまり好きじゃないから』

卓布の上には、よい香りをあげる温かい茶。甘い蓮の餡をつつんだ包子や、桃饅頭などの点心がならんでいる。

『金国から従者をお連れになっていないのですか？』

『……一人だけいるんだけどね。今日は、体調がよくないから休んでる』

『たった一人だけ連れて、朱国へ来たのですか？』

『そういう約束だから。恵妃なんて言うけど、捕虜みたいなものだし』

金恵妃は至極明るく、捕虜などと口にした。

うしろの侍女たちに意味が伝わっていれば、きっと、諫《いさ》められることだろう。下女とちがって、四妃の侍女には家柄のいい娘がなる。異国から来た妃であるなら、教育係もかねているはずだ。青楓のような下級貴族とはちがう。

それでも軽々しく話すのは、周囲がだれも金国語を理解していないからだ。

そして、なぜか青楓は信用されているらしい。権力争いの激しい上級妃嬪にしては甘い。金国語が話せるからだろうか。

考えてみれば、後宮にあまり多くの異民族を入れると、嫌がる者もいる……すぐに、今朝の蘭麗妃が思い浮かんだ。いらぬ軋轢《あつれき》を防ぐためだろう。

幼いとは言えないものの、金恵妃は若い。妻となるには適齢だが、慣れない異国暮らしをさみしく思う年頃にはちがいなかった。

『金恵妃は大家のもとへ正式に嫁いだ妃嬪でありましょう？』

『でも、実際は戦争が再開すれば、まっさきに殺される』

『それは……しかし、現に大家の寵愛を受けておりますし』

『必要があれば、あの男は、わたしの首を刎ねるよ』

傍から見れば、にこやかな茶会だ。

けれども、笑顔でくり出される言葉には、毒がふくまれている。

美しい花に仕込まれた棘だ。その棘に、触れるべきか、触れぬべきか。下手をすれば、こちらが貫かれてしまうにちがいない。

『その必要がない状況を維持すれば、いいのです』

青楓は細心の注意をはらって言葉を選んだ。

『維持』

『はい』

金恵妃の声音は変わらない。蓋頭にかくされた表情は見えなかった。

青楓は刺客は金国に見せかけた偽装だと思っている。金恵妃に動機がないからだ。呪詛の件も、根拠のうすい噂である。

だが、いま、目の前にいる金恵妃と対峙すると……正直、わからなくなってしまう。

『そうだね。まあ……そのために、せっかく嫁いできたのだし』

金恵妃は毒味を終えた茶に口をつける。

青楓も桃花が確認したあとの茶器を受けとった。

なんとなく、金恵妃の指先に目がいってしまう。思いのほか、関節がはっている。袖から見える前腕も青い血管が如実に浮いていた。

『金恵妃は、馬に乗るのですか?』

『え?　ええ。祖国では、いつも乗っていたから。いちおう、軍を率いていたし……これでも、体力が落ちたよ』

金恵妃は後宮の妃嬪にしてはたくましい前腕を、はずかしそうにかくす。

『勇ましいですね』

『大家に初めて会ったのも、戦場だよ』

『朱国にも蘭麗妃のような女性の武官はおりますが、まだまだ浸透しておりません。しかしながら……それは、それは……三流小説のような筋書きですね』

一国の公主が勇猛果敢に軍を率いて、将来、夫となる男と戦地で出会うなど……ありえないほど、安っぽい。もっと、他の設定があるだろうに。

だが、これは逆に現実味があるということか。現実は小説より奇なり。青楓は創作の奥深さにうなってしまう。

『ところで……金国では、みなさま、そのように顔をかくしておられるのですか？』

『うん、金国の習慣で』

『左様ですか……』

金恵妃は茶を飲んでいるときも、蓋頭をとらなかった。彼女の様子を青楓はたっぷりと時間をかけて観察する。

『どうしたの？』

『……いえ、私があつめた資料に、そのような風習が書かれているのを見たことがなかったもので。桃花は、知っていますか？』

そう言いながら、青楓は桃花に目配せした。

磁器と磁器が音を立てる。金恵妃が茶器を置いたのだ。彼女は蓋頭をいっそう深くかぶりなおした。少し、おちつかないようだ。

『娘娘。一部の地域ですが、顔をかくす風習もありますよ。きっと、書物にはなかったのでしょう』

ことなげに、桃花が言った。

『そうですか。地域の文化や郷土史は、明文化していなかったり、きちんと編纂されていない場合も多いですからね』

青楓も、「よくあることだ」と、笑顔で流す。

『そんなことよりも、資料って？』

金恵妃は資料という言葉に興味をしめしたようだ。

『じつは、私、小説を執筆しているのですよ。まだ不世出ではありますが、いま、超大作を書いているのです。桃花という遊牧民の娘が活躍する冒険活劇にございます。現在、主人公の集落が流行り病によって全滅し、その病を持ちこんだ黒幕を突きとめるために旅に出るところまで決まっております』

『遊牧民……なるほど。それで、金国のことを調べているの？　主人公はどうなるの？　興味深いね』

金恵妃は青楓の小説に興味を持ってくれた。当然だ。これは傑作なのだから。青楓は得意げに鼻を鳴らした。

『敵国の高飛車な女将軍に目をつけるのですが』

『それでそれで？』

『じつはちがったのです。流行り病をもたらした黒幕などおらず、ごく自然に罹患《りかん》しただけでした』

『え……』

金恵妃の声がくもった。あまりに予想外の展開だったため、絶句してしまったようだ。常に読者のおどろきを求める青楓としては、いい反応であった。

『それ……女将軍のくだりは、必要だったの？』

『彼女は彼女でべつの人生を歩み、主人公にはかかわらない予定です。ここも、きちんと描写します』

『え、ええ……』

青楓は胸をはった。自慢の筋書きである。

まだ紙に書けていないので蔡倫にも見せていない。最初に聞くことができる金恵妃は幸運だ。いずれ、貸本屋で大人気となり、民衆が行列をつくる予定なのだから。

反応がよければ、後宮にも一冊置いてもいいかもしれない。なんと言っても、後宮の生活は、ひまだ。だれもが娯楽を求めているだろう。

『うーん……まあいい。ねえ、翔妃。またお茶会をしよう。祖国のことを話せる人なんて初めてだから……』

話題をさりげなく変えられた気がする。おそらく、小説のつづきを聞くのに抵抗があるのだろう。聞けば、だれかに話したくなってしまうはずだ。そのような行為を嫌う読者も多い。それだけ、青楓の小説に魅力があるのだ。さすがは、恵妃の位を持つだけある。文学を理解している人間だ。

それよりも、金恵妃からの誘いである。

もう少し知りたいこともあった。呪詛について調べるにしても、もっと、踏みこむべきだった。

茶会のたびに身なりを整えたり、駆け引きしたりするのを考えると、非常に面倒くさいのだが……仕方がない。

『はい、よろこんで』

青楓は次の茶会も受けることにした。

四

つかれた。

青楓はいま、曇天のような面持ちだろう。桃花が施してくれた化粧も意味がないくらい、つかれた顔をしている。

「娘娘、大丈夫ですか？」

「大丈夫ではありません」

「お化粧をなおしますか？」

「まにあっています……」

ただ茶を飲んでしゃべるという行為がこんなにも気力がいるとは思わなかった。

「でも、娘娘……あれでよろしかったのでしょうか？」

金恵妃の部屋から充分離れたころに、桃花が不安そうな表情をする。

「ああ、大丈夫です。おおむね、ねらいどおりでした」

「でも、嘘ですよね？　金国に、女性が顔をかくす習慣なんて、ありませんよ」

「はい」

桃花は事前に青楓から言われたとおり、嘘をついた。

金国に蓋頭で顔をかくす習慣などない。

顔をかくしている理由は、他にあるということだ。

「どうして、金恵妃はあのような嘘をついたのでしょう？　呪詛に関係があるのですか？　呪いの代償に、顔になにか出ているとか……」

「金恵妃は入宮したときより顔をかくしているので、呪詛は関係ないかと。いくつか理由はあると思いますが……まだ確証がありませんし、腑に落ちません。そのうち、お話ししますよ」

青楓は考えをまとめるため、時間をおきたかった。まだ証拠がなにもなく、推測の域だ。

「…………」

碧蓉は黙って青楓を観察しているようだった。いや、圧をかけられている。

「考えがまとまれば、大家に報告します。ご安心ください」

「心配などしておりませんよ」

調査の一切は紅劉の耳に入れることになっている。

ただ、本当によくわからない。

青楓の推測が正しいという保証がなければ、まだ人には話せなかった。なにせ、立てた仮説にはあまりに無理がある。立証しなければならない課題がいくつも存在するのだ。そして、それが今回の件と関係があるのか検証せねばならない。

部屋に帰ったら、そのあたりも整理しよう。

青楓は物書きの端くれだ。どうも、紙に向かって筆を執っていなければ、頭が冴えない。逆に、なにかを書きはじめれば、あっという間に考えがまとまる。

物書きとは、そういう生き物だ。

「あらあら、これは……翔妃ではございませんか」

「朝儀より、お召し替えされたのね。似合っていますよ」

青楓が考え込んでいるところに、声がかけられる。回廊の向こうから、妃嬪が二人歩いてくるのに、気がつかなかった。

青楓が視線を向けると、二人の妃嬪は薄ら笑う。二人とも、鶴恵宮の妃嬪であった。

桃花が顔を伏せてしまう。代わりに、妃嬪たちのうしろにひかえた侍女たちが、ほくそ笑んでいた。

桃花に、まちがった情報を与えた侍女と、それを命じた妃嬪は彼女たちか。青楓は容易に察することができた。

新入りへの洗礼だ。よくある話だろう。

「どうも。私の侍女が、お世話になりました」

お世話になったことにはちがいないので、青楓は深く頭をさげてみた。すると、妃嬪たちが露骨に顔から笑みを消す。

怒らせている。しかし、彼女たちは青楓の利にならない存在だ。上級妃嬪である四妃や六妃ならばともかく、いまの青楓は彼女たちと同格である。ましてや、かわいい桃花に嫌がらせをした相手だ。

あまり媚びる必要もないだろう。

「翔妃は、大家のお気に入りですものね」

「きっと、大家も期待していますわ」

青楓は紅劉から気に入られているわけではない。囮としての期待はされているかもしれないが。けれども、事情を知らない妃嬪たちは、好き勝手に、そのようなことをさえずっていた。

青楓は、はやく帰って、紙に向かいたいのに。

「だから、機会を差しあげたくて。大家も翔妃のご活躍を見たいと思っているわ」

妃の一人が、侍女に目配せする。ひかえていた侍女が、青楓の前に紙の束を差し出した。

譜のようだ。

「明日は花見というのは、ご存じ?」

「はい。昨年も催されましたので、存じております」

青楓にとっては、つまらない行事だ。

昨年は、なにかと理由をつけて欠席した。だが、鶴恵宮の妃嬪となった今年は、さすがに出席しなければならない。

桃の花を見ながら、後宮で宴を催す。上級妃嬪たちは、それぞれの宮から一つ、演物をするようだ。

もちろん、宮の主である四妃が主役だった。しかし、そこで皇帝に見初められる可能性があるため、励む者も多い。とにかく、だれもが少しでも目立ちたいと思っている。

些事《さじ》だ。面倒で、つまらない。

「鶴恵宮の演物は、金恵妃の演舞です。翔妃には、琴の演奏をおねがいしたいの」

「大家も期待しているでしょうから、わたくしたちが役目をゆずってあげるのよ」

なるほど、理解した。

つまり、彼女たちは、まったく練習をしていない青楓に、花見で琴を弾けと言っているのだ。

引き受ける必要はなかった。断ってしまっても、処罰はないだろう。

だが、断れば、「翔妃はお高くとまっている」だとか、「大家の寵愛があるから必要ないのだろう」だとか、触れ回るにちがいない。

桃花が心配そうに青楓を見ている。

青楓は一つ息をつき、琴の譜を受けとった。

「承知しました」

あまりにあっさりと承諾したので、妃嬪たちが逆に面食らっている。

「桃花、先に帰って琴の準備をしてください」

「……はい！　さすがは、娘娘。お召しものも選んでおきますね！」

桃花が表情を明るくして、青楓から楽譜を受けとった。誇らしげで、とても嬉しそうだ。

すぐに、青楓に言われたとおり、部屋へ戻っていく。

妃嬪たちは意外そうな顔で、青楓を睨んでいる。青楓が断るとでも、思っていたのだろう。

「それでは、失礼します」

青楓は恭《うやうや》しく礼をして、その場をあとにした。

ついてくる碧蓉が眉間にしわを寄せていたので、青楓はわざとらしく問う。

「なにか？」

「いいえ、意外だったもので」

「碧蓉殿は、妃嬪が後宮へ入宮する際に受ける教育をご存じですか？　琴は必須科目の一つです。弾けて当たり前なのですよ。見たところ、一般的な宴会曲でしたから、問題ないでしょう。弾くのは一年ぶりですが」

　上級妃嬪は家柄などで後宮入りするのだろうが、青楓は売られて入宮した下級妃嬪だ。妃嬪には、美貌以外に教養も必要とされる。いつ皇帝に見初められて、国母となるかわからないからだ。教育を受けるのは当たり前である。

「一年も触れていない琴を、練習なく弾ける妃嬪も、めずらしいと思いますが」

「そうでしょうか？」

「そうです」

　碧蓉は青楓が弾けないのではないかと心配しているのだろうか。

「それに、私に目立ってもらったほうが、大家も都合がいいでしょう？」

　青楓は言いながら、先に進む。碧蓉は黙っている。

　雑事が増えてしまった。早く部屋に帰って、片づけなくては。まずは紙に向かって思考をまとめる。琴の調律をする。ああ、桃花が着物を選ぶと言っていたので、それにもつきあわなくては。

　ゆっくりしていては、執筆時間がとれなくなる。青楓は、知らず知らずに、足を速めていた。

「あら？」

　自分の部屋が見える頃合い。青楓は異変に気づいた。

　青楓の個室には、小さいながら庭がついている。それとは反対側、入り口の前にも回廊をはさんで鶴恵宮の庭が見えるようになっていた。

そこには、朝儀へ行くための輿《こし》がつけられたりするわけだが……なぜか、見慣れない輿が鎮座していた。

「なんですか、ねえ?」

どう見ても、あやしい。嫌な予感がする。期待はしていなかったが、碧蓉を見ても答えはくれなかった。

輿を担いできたらしき宦官たちが、待っていたとばかりに青楓をとり囲む。男を捨てているためか、みんな背が低くて顔も丸い。碧蓉のような威圧感はまったくなかったが、これはこれで怖すぎる。

「翔妃、おむかえにあがりましたぞ」

「さあ、こちらへ」

「え?　え?　ええ?」

わけのわからぬまま、青楓は輿へと誘導される。

「わ、私、忙しいのですが……!」

「いいえ、なりませぬ。呉《ご》華妃からは、翔妃をお連れしろと言いつかっております。お連れするまで、我らは下がれませぬ」

呉華妃?

金恵妃や蘭麗妃にならぶ四妃の一人だった。朱国随一の豪商、呉家の娘だ。他の妃嬪が貴族として権力をふるう一方で、彼女は実家の財力で四妃の座を手に入れたと言われている。

そして、呪い殺されたと噂される趙華妃の代わりに、華妃の位についた。いわゆる、後釜だ。

今朝の朝儀では、顔を見ることはできなかったが……。

「失礼」

輿に乗るのを拒む青楓の腰を、碧蓉が軽々と持ちあげた。宦官とは思えない筋肉質な体格である。そもそも、声は高めだが、本当に宦官なのだろうか。

碧蓉は青楓の身体をそのまま輿に乗せてしまった。

「碧蓉殿！　なぜ！」

輿の上から、青楓は必死に抗議した。

「案ずる必要はありませぬ。某がおともいたします」

「それは、安心させる気がありますか？」

「呉華妃は……少々、気難しい性格。このまま宦官どもを帰しても、また似たようなことをします」

碧蓉は後宮の管理もまかされている。当然、呉華妃の性格も把握しているのだ。そもそも、青楓が読むために四妃の資料をまとめたのは、彼である。

「せめて、明日など……お呼びなら、あらためてこちらから出向きますので。四妃からのおもうし入れならば、私は断りません」

「なりませぬ。呉華妃のおおせです」

宦官たちは聞く耳を持たない。

「私……こんな契約だとは聞いておりません……」

輿は持ちあげられるが、青楓の気持ちはだだ下がりだった。今日の予定を立てなおしたのが台無しになってしまう。執筆時間が確保できるのか心配になってきた。

「のちほど、大家に追加のおねだりをしてみては、いかがですか？　いまや、あなたは大家の寵妃《お気に入り》の一人なのですから。それなりに、聞いてくれますよ」

輿の横をついて歩きながら、碧蓉は真顔で述べた。対外的には、大出世を遂げた寵妃である青楓に対する嫌みだ。

同時に「自分で報酬を交渉しろ」という意味でもある。碧蓉のこの口ぶりだ。紅劉のほうには、それなりに融通する用意があるのだろう。

「う、うう……わかりました……」

あくまでも、追加報酬の交渉だ。べつに、おねだりするわけではない。

うんと高い紙を買わせよう。手触りが最高の高級紙がいい。あと、墨と筆も新調したかった。

それに、強引すぎるが、呉華妃についても探る必要がある。

呉氏は大商人だ。西域の品を運ぶ商売を主に行っているが、金国との戦時中は武器も売って儲けたらしい。聞くところによると、両国に売りつけて、かなりの利益を得ていたとか。

紅劉の治世で戦争が終わったことで、損をした側の人間であった。ふたたびの戦乱を望んでいるかもしれない。

金恵妃の仕業に見せかけて、呪詛の噂を流し、襲撃事件を起こす理由はある。いや、趙華妃が亡くなって、後釜として華妃の位についたのは、他ならぬ呉華妃だ。もしかすると、本当に呪詛をかけたのかもしれない。

苦労せずに接触できるのは、ありがたい……。

が、やはり、いったんは部屋に帰りたいと思う青楓だった。


呉華妃は亀華宮《きんかぐう》の主だ。

当然のように、青楓は亀華宮に連れられた。

「あの……碧蓉殿?」

「なんでございましょうか、翔妃」

戸惑う青楓のほうを見ないようにしながら、碧蓉は受け答えしている。きっと、青楓が言いたいことを察しているのだ。

「私たち、まだ後宮の中にいますよね?」

「当たり前にございます。本来、妃嬪が後宮から出るには、それなりの手続きが必要ですので」

「ありがとうございます。そうですよね」

このような確認をしたのには、理由がある。青楓の方向感覚がくるったわけではない。

「……こういうことが、許されるのですね……」

「大家が許せば、たいていは」

しかし、限度がある。

目の前に広がっている光景は、とうてい、後宮内とは思えなかった。

亀華宮は美しい。屋根には、華妃の象徴である亀の飾り瓦がついている。瓦一枚一枚にも、細やかな柄が刻まれていた。よく見れば、柱も大きな大理石だ。輝く翡翠の玉も、壁に埋め込まれている。

殿舎《でんしゃ》を囲んでいるのは、大きな池を有した庭――のはずだ。

しかしながら、庭には心を和ませるための花はない。それどころか、青々とした雑草の一本もなかった。

食い荒らされて。

「めえええぇぇ！」

「うきっきー！」

「ぎゃーぎゃー！」

庭には、一定の距離をおいて動物たちがつながれていた。それも、狗や猫ではない。青楓が見たことのない奇妙な生き物だらけであった。

いわゆる、珍獣の類だ。

手前につながれているのは、猿という名だ。書物でも読んだし、市井《しせい》を時折、旅芸人が連れて歩いている。人間のように賢く、いろいろおぼえるようだ。

もうしわけ程度に残った雑草を食べているのは、羊だろう。書物で読んだとおり、体毛が雲のようにふわふわである。そういえば、桃花があれを飼いたいと言っていた。こんなに近くにいたのか。

池から顔をのぞかせたのは、口が大きくて数え切れないほどの歯を持った蜥蜴《とかげ》であった。龍のようにも見えたが、きっと、あれは鰐《わに》という生き物だろう。

他にも、亀華宮の庭には多くの珍獣がいる。

「す、すごい……書物でしか見たことがない珍獣が、こんなに！　す、すばらし……いいえ、そうではありません。いまは、そうではないです……なんですか、これ！　どうして、大家はこれを許すのですか！」

ここは後宮だ。

外からなにかを持ちこむときは、かならず、検閲を受ける。青楓が買う書物だって、通常は検閲されるのだ。それをまぬがれるために、わざわざ蔡倫から書物を買っている。宦官に賄賂を渡すより、はるかに安い。

蔡倫の商売相手が青楓にとどまらず、他にもいることからも、需要を察するのは容易だ。

もっとも、高額の賄賂を払えない妃だけではなく、官能小説などの購入歴をかくしたい、という上級妃嬪にも需要があるらしいのだが。

とにかく……この珍獣たちは、とうてい、後宮に持ち込んでいいものとは思えなかった。

「没収しても、呉華妃はすぐにご購入されるので……大家も好きにさせよ、と」

「なんでもありですか」

呉華妃の実家は朱国随一の豪商である。珍獣を持ち込めるのも、財力にものを言わせているからか。宦官に賄賂をにぎらせれば、不可能ではない……が、これは、やりすぎだ。

お金持ちって、すごい。

ただただ、青楓はあきれていた。

しかしながら、呪詛には「蠱毒《こどく》」というものもあると、書物で読んだ。動物を使用した呪詛である。これだけの獣がいるのであれば、そのような術も使えるのではないか。趙華妃が呉華妃に呪われたという線も、なかなかありえる。

「よくぞ、まいった！　翔妃よ！」

威勢のいい声がふってきた。

文字通り、声は上からふってきている。

青楓はうしろを確認したが、声の主らしき姿は見えない。

「こ、これは……」

声の主は視界の中にいなかったが、足が見えた。

灰色で、太くたくましい。大きな四本足で、地面をしっかりと踏みしめている。大変立派であった。

視線を上に移すと、巨大な顔。顔の横からは、蝶の羽みたいな形の耳が生えている。鼻があるべき位置からは、長い長い腕のようなものが伸びていた。これが鼻だというのだろうか。

「ぱお――――ん！」

大きな珍獣が一声、鳴いた。

隣で碧蓉が、巨軀に似合わず、「ま、また某の知らないうちに、このような珍獣を……！」と、つぶやきながら震えている。

「これは……象、という獣ですね!?」

書物で読んだとおりだ。

西域では、戦で活躍することもあるという。たしかに、これだけ大きければ、兵士の士気は乱れる。証拠に、碧蓉は怖がっているようだ。

「はーはっはっはっはっ！　貴様が翔妃か。どうじゃ、妾のもてなしは気に入ったかえ？」

声は象の上からであった。高飛車で偉そうだが、ずいぶん幼い。一人の少女が、こちらを見おろしていた。

呉華妃は四妃だが、八歳の娘である。甘栗のような丸い目を輝かせながら、象の上でふんぞりかえっていた。少女らしい頬が桃の実を思わせ、とても愛くるしい。妃嬪というより、娘であった。公主と言っても、とおりそうだ。幼顔の桃花のほうが、よほど大人っぽく見える。

「ふっふっふー。怖いじゃろう？　貴様らなど、蟻のように踏みつぶせるのだぞ？」

呉華妃は高笑いし、大変、気分がよさそうだ。

「あ、ああ……」

青楓は、思わず口から声を漏らす。

目頭が熱くなり、両目がうるんだ。四肢の先に、震えのようなものをおぼえる。

「象！　象！　本当に、目の前にいるのですね……！」

次に発した声は、はずんでいた。

青楓は思わず、象の鼻に触れてみた。温かいが、若干の湿り気がある。体毛に覆われているわけではないが、皮膚は分厚そうだ。作り物ではなく、生き物らしさがある。

「書物で読んだときは、まさか、このような生物が存在するとは信じておりませんでした。信憑性に欠ける、とんだ芥をつかまされたと思ったものです……でも、本当にこのような姿をしていたのですね！　それに……目が優しくて美しい……碧蓉殿も、ご覧になって。まつげが長くて、すてきですよ！　どうかされました？　碧蓉殿？　なぜ、そのような顔で、こちらを睨んでいるのです？」

「翔妃、某を巻き込んでくださるな！」

つい興奮してしまった青楓に、碧蓉は必死に叫んでいた。武人のくせに、少しも近づこうとしない。

「怖くありませんよ。ほら、調教師も横にいらっしゃるじゃないですか……ああ、しかし、象が実在するとなれば、作中の戦術にも幅が出ますね。ふふ……もしかすると、龍や鳳凰もいるのかもしれません」

青楓は象の鼻に抱きつき、頬ずりしてしまう。

「こういうのは、いかがでしょう。主人公・永花の敵が象による奇襲をしかけようとするのです。永花たちは遊牧民ですから、当然、馬が怖がってしまい、戦いにならないと踏んだうえでの作戦です。敵は虚を衝《つ》くために、象による山越えを決行します……ところが、象はこれだけ大きいのです。餌で兵糧が尽き、ばたばたと死にます。永花たちと戦うころには、象も兵も少数になってしまうのです」

「翔妃……騎兵が相手ならば、火器を使用するほうが効果的です」

「火器は私も考えましたが、物語の時代背景に即しませんので、却下です。騎兵をおびやかすほど精度の高い銃や砲が開発されたのは、最近の話なのですよ。碧蓉殿。現実味がなければ、読者には見透かされてしまいます」

「それを差し引いても、その展開を待ち望む読者などおらぬでしょうに……」

まあ！　残念な人！

近ごろは、おもしろければ、多少の粗や脚色はしてもよいという風潮が強いが、そんなものは、すぐに飽きられてしまう。

青楓は碧蓉を憐れに思った。宦官になったとはいえ、所詮は、脳内が武官なのだ。頭の中が筋肉でできているから、このように文学を理解しないのだろう。

「おい！　そこ！」

青楓が、うっとりとした視線で象の鼻に触れていると、上から怒声が聞こえる。すごい剣幕だ。

そういえば、象に乗った呉華妃を放置していた。

「妾を放って、楽しみおって……！　なぜじゃ！　なぜ、怖がらぬ。こんなに大きいのだぞ？　ふつうは、怖がって逃げるか気絶するところではないのか。さすがの妾も、この大宝《ダバオ》を初めて見たときは、おどろいたというのに！」

「まあ！　この象は、大宝という名なのですね。すてきです」

「そなた、妾を莫迦にしておるのか!?」

呉華妃はとても怒っているようだった。その理由を青楓は理解できなかったが、本人が解説しているとおり、「青楓が象を怖がると思ったが、反応がちがった」からなのだろう。

青楓が象を怖がる姿を見たかったのか。そんなものを見て、どうしようというのだろうか。呉華妃は、こんなにも、めずらしい動物をたくさん飼っているのだ。人間の反応など、つまらないだろうに。

「碧蓉殿。呉華妃はずいぶんと性格が曲がっておりますか？」

「翔妃にだけは、呉華妃も言われたくはないと思いますが……難儀な性格はしておりますよ。あの歳で、後宮に入られているのです。くわえて、彼女がなにをしても、実家の呉氏も大家もお咎めにならない。増長してしまい——翔妃！　某に説明させておいて、無視するのはやめなされ！」

大方、そんなところだと思っていたので、青楓は碧蓉の説明を途中で聞くのをやめていた。読める筋書きだ。三流作家の作だろうか。現実は意外にも、おもしろくない。

調教師に導かれる形で、呉華妃が象の大宝から梯子《はしご》でおりてくる。

呉華妃は八歳という年齢に似つかわしい見目の少女であった。

瑞々しい肌はやわらかそうで、穢れを知らない。髪はふわりと軽やかで、自然と波打っている。気が強そうな目で、青楓を睨んでいた。頬はむくれて、口も不機嫌にゆがんでいる。

青楓はできるだけ、愛想よく微笑んでおいた。

「そなたは、獣が怖くないのかえ!?」

開口一番、呉華妃は青楓を非難した。

「怖いか怖くないかと言えば、べつに……それよりも、書物で読んだとおりの珍獣に出会えて、満足です」

青楓は正直なところを告げる。そもそも、それ以上の感情などない。

「呉華妃。あちらは、鰐ですよね？　ああ、すばらしい……もっと、近くで見てもかまいませんか？　あと、あそこにいるのは、羊！　見せたい者がいたのですよ。きっと、連れてきたら、よろこびますわ」

青楓の目には、いま、煌めく星が宿っていることだろう。心が高揚し、好奇心をおさえられなかった。

象も鰐も、初めて見る。

ここは、書物で読んでも、にわかに信じがたかった奇妙な珍獣であふれていた。いわば、自然の資料館のようなものである。

興奮しないわけがない！

「そういう態度じゃ！　気に入らぬ！　莫迦者じゃ！　莫迦！　莫迦！」

青楓の様子に、呉華妃は地団駄を踏んでいた。悔しそうに口を曲げ、青楓を必死で罵倒する。

けれども、語彙力がまったく足りない。貧相だ。不憫になる。

「罵倒が単調です。書物をろくに読んでいない証拠ですね……呉華妃でも読めそうな書物を、いくつか見繕っておきましょうか？」

「はあ!?　翔妃、そなた。妾を莫迦にしておろう！」

「いまの間に、呉華妃は〝莫迦〟と何度言ったでしょう？　それでは、相手の心は折れません。罵倒というものは、相手を屈服させたいから発するのでしょう？　であれば、その目的を遂行する手段をみがくべきです。でなければ、ただの駄々っ子でしかありません」

「な……！　ば、莫迦にす――いや、莫迦ではなくて、うーんと、えーっと……」

呉華妃は顔を赤くし、言葉につまっている。かわいそうに。語彙力が残念すぎて、言い返すことができないのだ。

「大丈夫ですわ、呉華妃。まだお若いのです。それに、呉家ほどの財力があれば、好きなだけ書物をあつめられるではありませんか。代金を惜しまず、貸本ではなく、原本そのものや写本を買えるのです。うらやましい。実に、うらやましいです」

「だ、だから、妾はべつに……そのような努力などせずとも、父上がお金を出してくれる！　気に入らぬ者など、いなくなる！　貴様は、いくら払えば黙るのじゃ！」

呉華妃は気の強そうな瞳に、うっすら涙をうかべる。目頭が赤くなり、もうすぐ泣き出してしまいそうだった。

「お金の力で解決できる事柄は非常に多いです。しかしね、呉華妃。人の心を折る手段は、お金だけではありません。私に膝を折らせたければ、お金を積むよりも、言葉を弄するのが一番です。そのお金と、後宮における暇な時間を有効に活用してはいかがですか」

もちろん、青楓だってお金には弱い。たくさん給金をもらって、書物を買いたかった。浴びるように紙を使ってみたい。後宮に入ったのも、お金のためだ。自分の身を売ってお金を稼いでいる。

けれども、智は金に勝る。

金は消えるが、智は永遠の財産となるのだ。

「あなたは、なぜ、私が象を見ておどろかなかったのか問いました。その答えは、私に知識があるからです。人は未知のものに恐怖します。象という生き物を知らぬ人間と、私はちがうのです。そういうことですよ」

青楓には書物から得た知識がある。象という珍獣を知っていたからこそ、呉華妃の思惑どおりに恐怖しなかった。

うしろのほうで、碧蓉が「とはいえ、普通の妃嬪なら、興奮して獣に触るなどという行動はしないと思いますがね」とか言っているが、無視だ。本題ではない。

「それよりも、呉華妃」

青楓は、ふたたび、象の大宝へ視線を戻す。

「この象。大宝は、なにを食べているのですか？　草食だと書いておりましたが……これだけ大きいのです。たくさん食べるのでしょうね！」

書物は知識の泉だが、万能ではない。青楓も象の飼育方法について読んでいなかった。そもそも、存在しないと思っていたので仕方がない。

今度、蔡倫にたのんで、取り寄せよう。幸い、いま、青楓の給金はあがっている。以前よりも、躊躇《ためら》わずに書物が買えた。

と言っても、後宮に入る前のように、貸本屋は利用できないので、知識にかける金額はあがっている。

「知りたいかえ？」

青楓の問いに、呉華妃が返す。声が心持ち得意げで、明るくなった気がした。

「ええ、もちろん」

「さっきは、偉そうにしておったくせに……」

「偉そう？　私が？　まさか。知りたいことは、きちんと教えを請《こ》いますよ。私は。べつに知識をひけらかしたいわけでは、ございませんので」

にこやかに応じると、呉華妃は微妙な表情をした。

微妙と表現するのは相応しくない。くやしそうな、いや、うれしそうな。怒っているようにも、楽しんでいるようにも見えるのだ。

呉華妃を語彙力が乏しいと断じた青楓だが、自分もまだまだだと感じる。

だが……それは自分の伸びしろだとも思う。伸びしろがない作家に未来はないのだ。将来有望な青楓に、伸びしろがあるのは当たり前であった。

「まあ！」

呉華妃が下女たちに命じ、象の餌を運んでこさせた。山のような笹を前に、青楓は興奮をおさえられない。

「やはり、思っていたとおり、こんなに餌が必要なのですね！　知ることができただけでも、創作の糧になります！」

「ふっふっふっ。これは、一日の餌の半分なのだぞ！」

「なんですって！」

青楓が餌の山に声をあげると、呉華妃は得意げに笑った。腰に手を当て、小さな胸を張っている。持ちあげられ、気分がよくなったようだ。八歳という年齢相応の反応なのかもしれない。

「こうやって、餌を口元に持っていくと、大宝はよく食べるのじゃ」

呉華妃が大宝の口元に笹を一本差し出すと、大宝は口を開けて、笹の葉を食べている。歯で葉をすり潰すような口の動きだった。

「こうですか？」

青楓も真似をして、笹を口元へ。大宝は、笹を長い鼻で巻き取るように青楓からうばった。

めきりと音を立てながら、笹の枝ごと嚙み砕いてしまう。

「すばらしいです！」

やはり、実際に見ないと、わからないことも多い。青楓はすっかりと高揚して、次から次へと、大宝に餌を与えた。

「翔妃よ……」

ご機嫌で大宝とふれあっていると、呉華妃が小さな声をあげた。青楓の襦をひかえめにつかみ、いたいけな表情で見ている。

「なんですか？　呉華妃？」

だが、何気なく応じた途端、呉華妃はばつが悪そうにする。反応の意図がわかりにくい。

「大宝が気に入ったなら……また、見せてやってもいいのだぞ。なんなら、鰐や猿とも、あそんでみるかえ？　いや、貴様が楽しそうだからな！　妾は仕方なくじゃ。仕方なく、見せてやってもよいと言っておるのじゃ。妾を莫迦にしたことは、許しておらぬからな！　ただ……そうじゃ。妾は、貴様に教えてやるのじゃ」

最初はもじもじと、しかし、次第に不遜な態度になりながら、呉華妃は青楓に提案した。

「本当ですか!?」

もちろん、青楓には、ねがってもいない展開だ。

ここには！　書物だけでは！　わからない珍獣が！　たくさんいる！

「珍獣だけではないぞ。妾の亀華宮には、大家だっておどろくような宝物があふれておるのじゃ。そなたが望むなら、なんだって――」

「呉華妃、そんなことよりも、私、羊を触ってみたいです。あと、鰐はどのように餌を与えるのですか？　ああ、大事なことを忘れていました。書庫はあります？」

「え？　ああ、ええっと……書庫は、ないぞ……書庫がほしいのか？」

「そうですか、残念です。まあ、いいです。さあ、呉華妃。鰐にも餌をあげましょう。教えてくださいませ」

青楓は高まる気分のまま、池の鰐を指さした。

呉華妃は「わ、わかった」と、うなずきながら、下女たちに餌を用意するように告げる。

珍獣と戯れてはしゃぎすぎていたせいか、青楓には時折、となりで「書庫か……」とつぶやく声は聞こえていなかった。

五

この男は、私を怒らせたいのでしょうか。

「おそれながら、大家……本日は、なにを？」

鶴恵宮の一室。立派な肘掛けつきの椅子で、足組みして座る男を確認して、青楓は思わず表情を凍らせた。

それは、この後宮に唯一、出入りすることを許された男——皇帝・朱紅劉その人にほかならない。

「遅かったな」

紅劉は足を組みかえながら、大きなあくびをする。皇帝の威厳などない無防備な状態だった。他人の個室でとる態度ではない。

「ですから、大家。ここで、なにを？」

紅劉が答えてくれないので、青楓はもう一度問う。紅劉は整った顔立ちで「ふむ」と、一息だけついて返事を探す。口角がやや持ちあがり、笑っているような顔つきになった。

嫌な予感がする。

「夜伽せよ」

「ご冗談は結構ですので、帰ってください」

青楓は満面の笑みで即答した。

「妃の部屋に通って、拒まれる道理がないのだが」

「お帰りください」

「おまえは、本当に最初からはっきりと物を言う女だなぁ」

「ありがとうございます。よく褒められます」

「だれが褒めていると言ったのだ」

青楓は笑顔のまま応じる。

ついに紅劉が息をついて、真面目な表情を作った。やはり、つまらない冗談だったらしい。

「まあ……本気かどうかはおいて、便宜上、夜伽と言わないわけにもいかんだろう？」

「そうでしょうね。わかっておりますとも……大家がここへ来てしまったら、周囲はだれもが、そう思うでしょうね！　実際には、なにもなくとも！」

青楓が元々いた瑞花宮に、皇帝が直接出向くことはない。だが、鶴恵宮など四妃の宮に住まいが移れば、べつだ。夜伽には皇帝が出向く。

下級妃嬪は「お呼ばれした」と表すのに対し、上級妃嬪は「お通りがあった」と言われた。文字通り、皇帝に呼ばれたか、むかえ入れたかのちがいなのである。

そして、皇帝たる紅劉が部屋を訪れる——つまりそれは、妃嬪としてのつとめを果たすという意味だ。いくら本人が「ただお茶をしていただけですよ」と言っても、周囲は「そういうことである」と、暗黙の了解をしている。

ただでさえ、他の妃嬪やら、四妃やらに絡まれてこまっているというのに……まだこの男は、青楓を目立たせようというのか。余計なことをする。

「報告は碧蓉殿から聞いてください。わざわざ出向かれると……目立ちすぎて、こまります！」

「おおいに結構ではないか。おまえには、目立ってもらわなければこまる」

「やはり、私は囮ですか。かくす気もなしですか」

「あ……そうだったな」

紅劉は自分の口をかくすように手を当てた。

ちょっとした沈黙がおりる。

「あの、大家。一言よろしいでしょうか？」

沈黙を破ったのは、青楓だった。

「なんだ」

「大家は、嘘が下手すぎます」

これでも、言葉を選んだつもりである。「莫迦」とか「阿呆」とか「頭が筋肉でできている」とか、いろいろ考えた結果の、一番優しい言葉であった。

紅劉のうしろに立った碧蓉が、眉間をもんでいる。

「自覚しているさ。そういうことは、碧蓉がやる。本来、俺の領分じゃあないんだよ。それに、どうも、俺は身の危険が迫らねば、気が抜けるらしい。こまった怠け者だ」

「それを、ご自分で言いますか？」

「俺は見抜くのが上手いんだ。無論、自分への評価も正確にしているつもりだよ」

逆鱗に触れるのではないかと思われたが、紅劉は思いのほか、平然と言い放った。いっそ、すがすがしい開きなおりだ。

「支える者がいれば、問題ない。その役目を負う者については、気をつけて選ぶ必要があるが……その点なら、俺は目に自信があるぞ」

どこから、その自信がわいてくるのか。

それは紅劉が積んだ、いままでの経験だろう。そして、彼は自分の目を信じている。

その表情を見ていると、なんとなく、安心するような……根拠のない説得力がある気がした。

「もちろん、おまえも俺の期待を裏切らないと思っているよ」

おそらく、これが紅劉の力なのだ。碧蓉が心酔し、他の家臣も従っている。言ってみれば、紅劉は先導者だった。

もう少しだけ……まわりの苦労を考えてほしいが。と、碧蓉あたりも思っているだろう。

「とはいえ、ご報告する内容は、碧蓉殿に話しております。追加は、ないのですが」

「つれないな……寝所で雑談とはいかないのか」

「ですから、笑えないご冗談を。これより作業に入るので、邪魔をしないでいただけたら、うれしいです」

「作業？」

眉間にしわを寄せる紅劉を横に、青楓は桃花を呼ぶ。隣室にひかえていた桃花が、大きめの紙を持って現れた。

桃花は几に、紙を広げる。

給金があがったため、奮発した。これだけの大きさの一枚紙はめずらしい。青楓は頬ずりしたくなったが、ここはがまんする。

「これは」

紙には、すでに前日の作業の成果が残されていた。本日は、つづきからである。

「後宮の見取り図です」

青楓は無感動に言い放つ。

部屋を引っ越して、青楓が最初にとりかかったのが、これだ。紅劉から洋燈をもらったおかげで、夜も作業できてありがたい。

「精巧だな……碧蓉に用意させたのか？」

「いいえ？　私が描きました。そのほうが早いので」

「はあ!?　これを？」

紅劉が思わず、口調を崩している。そんなにおどろくことだろうか。青楓は、冷めた視線で紅劉を睨んだ。皇城の優秀な官吏を見慣れているくせに、大げさだ。

装着していた片眼鏡を、指先であげる。

「これも創作活動の一環です。私、設定は綿密に組んでから執筆に入りますので。主人公が住まう家から、悪役の宮まで必ず作図しております。もちろん、国の地図も描きますよ。いい加減なものは創れませんので……とりあえず、後宮の内部を知っておきたいと思いまして。今回は物語ではなく、現実の見取り図ですから、想像しなくてよい分、楽でしたね」

青楓は得意げに語った。なんとなく、褒められている気がしたのだ。

「よくわからんが、すごいな」

「もう少し、人の話を聞いてはいかがです？」

褒められている気がしたが、あっさりしすぎていると、癇《かん》に障る。薄々感じていたが、紅劉は人の話をあまり聞いていない気がした。

無頓着。そうではない。聞くべき話と、聞かなくてもよい話を、頭の中で選別しているのだと思う。青楓の論説を、聞かなくてもよい話に分類されるのは、ものすごく不服なのだが。

「なんのために、見取り図を？」

「いえ、興味です。先日の襲撃者の侵入経路が知りたくて。そこが見えれば、目的も、わかるのではないかと。呪詛のほうは、調べたくても実験がむずかしいですからね」

　青楓は、今日仕入れた情報を見取り図に描き込んでいった。さらさらと、筆が墨の線を描く。

「定規を使わず、直線を引くのか……工部の官吏でも、ここまでの能力を持つ者はいない」

「たしなみです」

「器用すぎるだろ」

「そうですか？」

　青楓の感覚では、これくらい創作活動の基本だ。なにもわかっていない素人は、黙っていてほしい。

「私が刺客を目撃したのは、ここ。雀麗宮のすぐ近くでした。こちらには、蘭麗妃と、その皇子が住んでいますね」

　一通りの情報を描き込んだあとに、青楓は一点を指さす。自分が刺客を目撃した場所だ。そして、不運にも紅劉と出会ってしまった。

　ちなみに、襲撃の件は後宮の妃嬪たちには伏せられていた。噂にもなっていない。

「そうだな」

「私の予想ですが……刺客がねらったのは、大家ではなく蘭麗妃と皇子だったのでは？」

「…………」

「なるほど、さきほどの失敗を生かして沈黙ですか。でも、それは肯定の意ですよ」

紅劉は会話を自分優位で進める能力には長けるが、嘘や騙しあいには弱い。わかっていて、青楓も聞いてみた。

「翔妃の言うとおりです」

こういう場面では役に立たない紅劉の代わりに、碧蓉が答えた。もう、かくす意味がないのだろう。口調は潔かった。

青楓は囮の駒だ。

紅劉の側から、開示される情報は、すべてではない。都合のいい内容だけを切りとっているに過ぎないのだ。

取捨するのは、あくまでも紅劉。いや、碧蓉かもしれない。

青楓は自分で考え、動かなければならなかった。与えられた情報だけを鵜《う》呑みにすればいいとは思えない。のちに、命取りとなる瞬間がおとずれる。

紅劉は青楓の雇い主（それ以前に夫なのだけれど）だが、味方ではない。無条件に信頼するのは危険だ。

とくに青楓の場合は、命を守るだけではない。

自らの生活——快適な創作環境を守らなければならないのだから！

「やはりですか……こまりますね」

青楓は息をつく。

刺客が蘭麗妃をねらっているのだとしたら、前提がくつがえる。

青楓は「金国の仕業に見せかけた偽装かどうか」を見わけるために、鶴恵宮に送られたのだ。

だが、ねらわれたのが蘭麗妃なら話はべつである。

金恵妃には、蘭麗妃を消したい動機があるのだから。

皇子を授かったのは、寵妃である金恵妃ではない。蘭麗妃と、その皇子を始末したいと考えるのは、道理である。

仮に趙華妃を呪い殺したのが金恵妃だとしたら、蘭麗妃と皇子もねらうかもしれない。

紅劉の論調では、青楓を鶴恵宮に送るのは「身を守るため」だった。しかも、「おそらく、偽装だろうが、念のために調べてくれ」という主旨に聞こえるものだ。

これでは、騙されたのとおなじである。

「おりるか？」

紅劉の口調は悪びれる様子がなかった。

「……いいえ。ここでおりれば、私がただ始末されるだけです。それに、もう手遅れですね。大家の思惑どおり、私は他の妃嬪たちから注目されすぎています……庇護していただかなければ、易々と、もとの生活には戻れないでしょう。それどころか、死にます」

「それなんだが……おまえ、皇帝《おれ》の寵愛よりも隠居生活がほしいというのは、おかしくないか？」

「いいえ、まったく。至極合理的な判断にもとづく希望です。あと、隠居生活ではありません。精力的な創作活動です。よって、大家の寵愛など必要ありません」

「そこまで断じられると……複雑なんだが」

「なにがです？」

「そこまで雑にあつかわれた経験がない」

紅劉は不機嫌とはべつの意味で、顔をしかめていた。しかし、青楓には、そこにのった感情の意味が読めない。

「大家は後宮という特異な環境に慣れていらっしゃるので、わからないのかもしれませんが……相手の女性が全員、自分に好意を向けていると思うのは、自惚れすぎでは？」

実際に、紅劉の容姿はすこぶるいいので、口説けば、たいていの女性はなびくかもしれないが……そのような言葉は添えてやらないことにした。

「妃嬪たちがほしいのは、皇帝という立場の人間からの寵愛でしょうから。あなた個人への興味など、だれも持ちあわせていませんよ」

青楓は精一杯の嫌みを苦笑にのせてやる。

だが、それを聞いた紅劉は言い返さなかった。

「ふむ」

かわりに、短く息をつく。

「そのほうが、ありがたいんだよなぁ」

「え？」

吐き出すような言葉が、耳に残る。何気なくうかがうと、紅劉の顔からは明確な感情は読みとれなかった。

無感情に、心中を吐露したような気がする。そこに意味もなければ、意図もない。碧蓉の言う「軽率な発言」と同類だろう。

ただ、口から出た言葉だ。そんな言葉に、青楓はなんと返答すればいいのか、わからなかった。

「おい、黙るな。おまえのような、うるさくてわけのわからない女が黙ると、調子が狂うだろう。雑にあつかえ」

めずらしく言葉に迷っている青楓に、紅劉は腕を組む。

なにかを言うべき場面だったのか。

青楓は会話の内容、ことに、返答でこまったことはない。あえて黙る場面はあっても、言葉を失う経験などなかったのだ。

だから、自分でも意外ではあった。

「べつに……ご自分から、雑にあつかえと要求するのは、いかがなものかと」

「そうか？」

「そういう嗜好の性癖をお持ちの方がいらっしゃると、聞いたことはありますが」

「おま……誤解するなよ。そうではない！」

そうではないというのなら、どういうわけなのだろう。青楓は解説を求めてみたが、紅劉は上手く意見がまとまらない様子だった。

「くそ。帰る！」

紅劉は頭を抱えたすえに、そう言い放った。

「はい、ありがとうございます」

青楓は大げさに恭しい動作で、抱拳礼で頭をさげた。

「そういえば」

なにを思いついたのか、紅劉がふり返る。これは、「軽率なことを言いそうな顔」だと、雰囲気でわかった。不本意ながら、この男の行動に、青楓は慣れはじめたように思う。早く帰ればいいのに。

「明日は花見だな」

「ああ、それですか」

昼間に嫌がらせで楽譜を渡されたのだった。結局、呉華妃のせいで時間がなくなり、衣装選びを桃花一人にまかせてしまった。

「鶴恵宮は、金恵妃の演舞らしいな。おまえは、琴を弾くのだろう？」

「お耳が早い」

紅劉が得意げになる。

「引きこもりの隠居生活を送るおまえには、琴の演奏など無理だろう。俺が口添えすれば、免――」

「結構です。調律もすぐに済ませますので」

そういう話だと思っていた。

青楓は紅劉の言葉を遮って流す。なんということはない。

「大方、私に恩でも売って、あつかいやすくしようと思っているのでしょうが……あいにく、私の要求は、この仕事を速やかに終わらせ、平穏な生活をとり戻すことだけです。そのためには、面倒ではありますが、花見も出席したほうがいいでしょうね……おや、どうかされましたか？　大家も、そのほうがよろしいのでは？」

黙ってしまった紅劉に、青楓は首をかしげた。

紅劉だって、青楓が花見に出席して、目立ったほうがいいに決まっている。正論を説いたつもりであった。

「おまえは、本当に……どう言えばよいのだ、これは」

紅劉は頭が痛そうに目を細める。怒っている様子ではなかったので、青楓は心置きなく気にしないことにした。

「大家……この妃だけは、なりませぬ」

紅劉に、碧蓉が真面目な顔で忠言している。

青楓に、取り引きは通用しないと言いたいのだろう。

たしかに、嘘や騙しあいを苦手とする紅劉はやめておいたほうがいい。やるなら、間に碧蓉をとおすべきだ。それならば、青楓も少々やりにくい。

迂闊に応じれば、また面倒を押しつけられる。

紅劉は青楓の敵なのだ。必要以上に頼るべきではない。

負けるものか。

必ず、平穏で安全な創作生活をとり戻してみせる。

青楓は改めて、心に誓った。

＊　＊　＊

あの妃は本当に厄介で、おもしろい。

紅劉がそう思っているのが伝わってしまったのか、碧蓉がむずかしそうな顔をしていた。

「あの手の女は野心家だと思うのだがなぁ。なぜ、官吏にならなかったのか」

「おそれながら……翔妃のような女性は、官吏になると早々につぶされる典型かと。それと、翔妃の野心は大家が思っているのとは、ちがう方向に燃えている様子」

「ああ、なるほど」

出る杭は打たれる。たしかに、官吏の男どもは、あのような女が嫌いだろう。青楓が官吏になった場合、確実に目立つ。男を立てることをしない女だ。嫌がらせをされて、つぶされる可能性が高かった。

その嫌がらせを易々とかわす青楓の姿も、目に浮かぶのだが。

小説を書いて、作家になるよりも、ずっと似合いだと思う。

「だからと言って、後宮《ここ》に留める人材でもなかろうに。わけのわからぬ小説ばかりにうつつを抜かして……だれも翔妃の才を見抜けなかったわけでもあるまい。機会がないというのも、罪だな」

そういう宿命だった。

たまたま、そのような才を活かす機会に恵まれず、小説だけに打ち込んできた結果が、あれ。

たまたま。

いいや、偶然などない。

ふたたび、暗い夜に沈む鶴恵宮をふり返る。

「どうかされましたか」

碧蓉が厳つい顔をゆがめる。心配させているようだ。

「いや……俺が皇族の血を引いていなかったら、いまごろ、だれがここにいたのかと思ってな」

「………」

紅劉には、皇位継承権などなかった。

先帝の後宮で当時の四妃、周貴妃《しゅうきひ》の皇子として育てられていた。だが、周氏は謀反を企てたとして、処される。濡れ衣だと聞かされているが、本当のところは知らない。紅劉は韋氏によって生死を隠蔽され、末子と偽って育てられることになった。

幼少期、韋雲龍と名乗って、武官を目指す。

そして、武官となるための教育を受けるかたわらで、幼いころから、「おまえは、皇族の血を引く子。ゆくゆくは、皇帝となるのだ」と叩き込まれてきた。思想も、礼儀作法も、勉学も、すべてだ。なにもかも、「武官となる韋雲龍」と「皇帝となる朱紅劉」、二つの顔が求められた。

紅劉は皇帝から切り捨てられた子でありながら、将来、帝位を獲るために教育されたのだ。

だから、皇位継承争いが起こる前から、紅劉は動くことにする。

韋氏や周囲の思惑どおり、担がれてしまえば、現在、ここにいる紅劉は傀儡のお飾りとなってしまう。それでは、自分の身の安全は保障されない。韋氏の失脚、または、用済みとなれば廃されるのが落ちだ。

紅劉自身が権力を持つ必要がある。

幼い時分に、紅劉はすでにその判断をしていた。

まずは、韋一族の中でも信頼のおける碧蓉に、紅劉は希望を明かした。皇帝として実権をにぎるには、紅劉は力不足だ。嘘や駆け引きができないのは、致命的な欠点である。紅劉は、自分に足りないものを早いうちに見抜き、それを持ちあわせていた碧蓉を懐柔した。

碧蓉は紅劉の期待どおりに、親である韋氏を欺きながら、紅劉を上手く操っているふりをしてくれた。彼には、いまでも感謝しているし、自分の人選は的確だったと思う。嘘が下手という紅劉の性格もあり、だれもが騙されていた。

同時に、武官としての教育をありがたく吸収する。そして、できるだけ大きな功績をあげるため、積極的に出陣を希望したのだ。これは、碧蓉の入れ知恵でもあった。

金国との全面戦争に傾いていた朱国において、武官として力を持つことは、強大な権力を手に入れるのと同義だ。幸いにして、紅劉には軍略の才があったらしい。西域で広まっている最新の火器を取り入れて、戦を優位に進めた。

あとは、先帝の崩御と同時に、皇族として名乗りをあげるだけだ。すでに常勝の将として名をあげていた紅劉は、皇帝となるには充分な功績を残していた。

担がれるままに皇帝となり――掌を返すだけ。

望みの傀儡を手に入れることを期待していた韋氏や親類を、ことごとく遠ざけた。そして、武官時代に増やした忠臣を、中央へ置く。

同時に、後ろ盾を得て、国内で権力をにぎっていた大貴族の力も削がなくてはならない。

その一環として、金国との戦争を終わらせ、和平を結んだ。これにより、戦争強行派であった蘭氏や楚《そ》氏を退けたのだ。蘭氏は娘を後宮に入れることで、権力を維持しようとしているが、楚氏のほうは大人しい。

そして、金国は紅劉を皇帝と認め、和平を結んだのだ。これで、紅劉を廃することは、金国との再戦を意味することとなる。

すべて、身の安全のためだ。

数奇な星の下に生まれ、生かされてしまった紅劉には、こうするしかなかった。それだけである。

市井で語り継がれる娯楽小説のような英雄ではない。

あんなに美化された、きれいな人間ではないのだ。

「それでも、某が大家に立てた忠義に偽りはございませぬ」

「あたりまえだ。俺の目を節穴にしてくれるなよ」

碧蓉の言葉に、紅劉は迷うことなくうなずく。

「ただ……」

ここへ来るまで、足蹴にしたものは数え切れない。

自分の安全を確保するためだけだ。善政だ、安泰だと評価する者もいるが、そんなものは結果論でしかない。たまたま、そのような臣下に恵まれただけなのだ。

きっと、紅劉はゆがんでいる。

しかし、このような内面は秘さなければならないのだ。

皇帝という冠をつけた自分だけを、周囲に示しつづければいい。

だから、そういう風にあつかってくれたほうが、ありがたいのだ。

だれも、俺を見なくていいし、知らなくていい。

こちらも、そのほうが気楽だった。

「なんでもない」

ただ……考えるだけだ。

周氏が処されなければ、自分はどのような生活をしていただろうか。

韋雲龍として、ずっと生きていれば、どうだっただろう。

一方で、こうも考える。

自分は、本当のところ、どのような人生を送りたかったのだろう。

第三幕　桃園の咲き競べ

一

後宮へ入宮するには、もちろん、それなりの教育が施される。

美女であるのは大前提だが、第一に、教養が求められた。家柄や財力で最初から上級妃嬪になれる妃はべつとして、下級妃嬪はいくつかの講義を受ける。

座学だけではない。

楽器や演舞、会話術など総合的な分野にわたる。

下級妃嬪とはいえ、皇帝に見初められる可能性は万に一つはあるので、当然だった。なにか秀でたところがあればいいが、そうでなければ、満遍なくできたほうがいい。

青楓の場合は、とくに優秀な部分のない平凡な人間であった。おまけに、「行き遅れ」と称される年齢。強いて言えば、小説が書ける。それだけだ。よって、後宮へ入るための準備は入念に行った。

講義の出来が悪くて追い返されては、意味がないし、なにより、そうなれば、後宮に入るのは、青楓の妹になってしまう。嫌がっていたので、それはかわいそうだった。

「桃花、そのあたりでいいのでは？」

「いいえ！　いいえ！　娘娘！　いけません！」

あきれる青楓に、桃花が必死に食らいつく。働き者の侍女は、主を飾ることに夢中であった。

黒くしなやかな髪を、高い位置で髷を輪にして二つに結う。正面からは、天女の羽衣のように広がって見える。ずいぶんと凝った結い方であった。襦裙も、鶴恵宮を象徴する桃色だ。差し色の若草が映えて、まるで花のようであった。

「冠も載せましょうか！」

「い、いえ……そこまでは必要ないです。あくまでも、主役は四妃。悪目立ちするのは、よくありません」

「そうですか。なら、簪を左右にさしておきましょう」

ちっ、と舌打ちが聞こえた。桃花は本気になりすぎると、熱くなるのがこまる。とくに、青楓を着飾ることには口うるさい。

それでも、金色の簪数本で髪を彩ると、桃花は満足そうに笑う。

「やはり、娘娘はお美しい……桃花はうれしいです」

恍惚の表情だ。美味しい包子でも食べたような反応だった。

「そんな大げさな」

「大げさではありません！　本日は、花見でございます。どの妃嬪よりも、娘娘が美しいと証明する場。いいえ、桃の花にだって負けはしません！」

桃花は大げさである。

青楓とて、後宮へ入れる程度には美女だ。それは、実際に入宮しているので、事実だろう。否定する要素はない。

だが、ここは後宮。

何千もの美女が集められた宝物庫のようなもの。

その中で、一番美しいと豪語できるほど、青楓は自惚れていなかった。

「娘娘は謙遜がすぎるのです。こんなに美しく、才能にあふれていらっしゃるのに！」

「私は小説しか取り柄のない、つまらない女ですよ」

「そのようなことなど、ありません！　妹君のために後宮へ入った心優しい天女にございます！」

青楓が涼しげに言うと、桃花は頰をふくらませて叫ぶ。仕草が幼い。「可愛」と告げれば、また怒るのだろう。そういうところも、なお愛しかった。

「そうやって言ってくれるのは、桃花だけですよ。ありがとうございます」

これは事実だ。

幼い時分より、青楓は周囲から理解されなかった。いわく、あつかいがむずかしい、と。だれに対しても臆さず、はっきりとした物言いをする。

いくら言葉を砕いて、相手を説こうとしても無駄だった。

それでも、桃花だけは青楓を信じてついてきてくれる。ろくに給金など払えていなかったのに……命の恩人だと言っても、限度があるだろう。

色恋などせず、青楓には想い人と呼べる相手はいない。だから、桃花こそが、青楓の片割れのように思えていた。

「桃花にとっても……娘娘は一番大切なお方です。あの日……桃花を助けてくださった娘娘は本当に天女のようで。いいえ、桃花の神様です。あのときの娘娘は、だれよりもお美しかった……」

桃花は恥じらいながらも、花のようにつぶやいた。青楓にはない可憐さである。桃の花だ。

この笑顔だけで、花見は済んだ気分になる。

「まあ、花見はこれからなのですけれどね」

めんどうだ。つまらない。

けれども、平穏な創作生活には必要な試練だ。なにより、真相を解明するのは、金国との戦争を回避し、桃花のためにもなる。

「もうしわけありません、碧蓉様。琴を運ぶのを手伝っていただけますか？」

着替えも終わったところで、桃花が碧蓉に声をかける。今日は花見なので、紅劉のところへ行くかと思っていたが、この宦官、命令には従順だ。言いつけどおりに、ずっと青楓の護衛をするようだった。

ありがたいが、彼も味方ではないので、気は抜けない。

「琴ですか？　承知しました、小桃《シャオタオ》」

「はあ？」

碧蓉の返答に対し、桃花が露骨に表情をゆがめた。まるっこくて愛らしい目がすわる。

あ、これは……。

碧蓉は、やってしまったのだ。そう確信し、青楓は苦笑いする。

「桃花の逆鱗に触れてしまいましたね……」

これは、あれだ。

桃花に「可愛」と言ってしまったときの反応と同じである。おそらく、碧蓉の「小桃《ももちゃん》」が、だめだったのだろう。「小」はふつう、幼い子供の名前につけるものだ。

「この桃花、娘娘と同じ二十七でございます。子供あつかいされる所以はございませんが！」

口調はかろうじて敬語を保っているが、語気は荒々しい。舌を巻いて、大声で喚き散らしている。普段の献身的な桃花からは想像もつかない荒っぽさだ。

碧蓉も、これにはおどろいている。筋肉質な身体を丸めて、「え？　え？」と、狼狽していた。

「小桃は、十代ではなかったのですか？」

「碧蓉殿、それ以上は黙っているべきです。火に油を注いでいますよ！」

碧蓉は聡い宦官だと思っていたが、これでは逆効果だ。もしかすると、女性のあつかいに慣れていないのではないか。そんな気がする。

青楓は助け船を出そうと、桃花の肩に手を置く。いまにも、碧蓉の胸ぐらにつかみかかって、股間に蹴りを入れそうな勢いだったのだ。股間になにもついていない宦官に蹴りを入れて、どの程度の痛手になるのか観察してみたい気もしたが。

「まあ、桃花。琴は碧蓉殿におまかせして、私たちは先にまいりましょう。早めに行って、鶴恵宮のみなさまと音合わせをしなくては。ね？」

急いでいる。そういう空気を漂わせると、桃花の表情が冷静になっていった。

「……そうですね。娘娘、もうしわけありません」

桃花は聞きわけよく、青楓には笑顔を取り戻した。だが、一瞬だけ、碧蓉をものすごい眼光でにらみつけたことを見逃さない。あれは「おぼえていろ。二度目はない」という意思表示だ。

「では、碧蓉殿。琴の運搬はおまかせしましたよ」

ふわりと笑って、その場をしのぐ。

桃花の逆鱗に触れると、面倒だ。

翔家にいたころは、市井に出ると「可愛」と言われることが、ときどきあった。そのたびに、怒る桃花をなだめつづけたのだ。

突発的で、青楓が間に合わなかったこともある。気がついたら、商店のおじさんに跳び蹴りをしていたときの記憶が鮮明によみがえった。

本人には言わないが、怒った桃花も、青楓は「可愛」と思っている。

「娘娘、なぜ笑っていらっしゃるのですか！」

心中を悟られてしまったのか、桃花が非難するような目つきをしていた。

「ふふ。なんでもないです」

青楓はそう言いながら、桃花の髪に触れる。

金国の人間であることをかくすために、黒く染められた髪だ。触りすぎると、染料が手についてしまう。けれども、青楓はそれを厭わず、ゆっくりと桃花の頭をなでた。

「な、なんですか！」

「行きましょうか。桃花」

桃花は納得していないような表情だったが、青楓にうながされて歩き出す。

青楓も、ゆったりとした動作で前に進む。

桃の園の演物会。

ここからは、戦場だ。

＊　＊　＊

戦は男のものばかりではない。

この朱国では、優秀であれば女性であっても官吏や軍務に就くことができる。そういった舞台で活躍する女性は、無論、輝かしいものだ。

だが、ここは後宮。

花と花が競べあい、散らしあう。

後宮では後宮の戦い方があるのだ。

それを、教えてさしあげよう。

「燕貴妃《えんきひ》」

花見の開宴を待つ席。四妃にそれぞれ用意された東屋《あずまや》で、その妃——燕貴妃は足を組みかえる。

「それで？」

妖艶な笑みで、燕貴妃は侍女の報告を待った。

群青の大袖を飾るのは、見事な鶯《うぐいす》の刺繍である。銀糸と、縫いつけられた紅水晶が豪奢でありながら、気品に満ちている。上級妃嬪であり、鶯貴宮《おうきぐう》の主に相応しいと言えるだろう。

豊満な胸を惜しげもなく強調する衣装も、銀の首飾りに負けてはいない。切れ長だが、やや垂れた目尻。泣きぼくろが、地上の人間とは思えぬ色香を放っている。

世の男で、彼女の艶になびかぬ者はいない。女であっても、その天女のような美しさにため息するだろう。

「手はずは整っております」

「そう」

燕貴妃は侍女の言葉に満足した。黒い扇子を広げて、ゆるんだ口元をかくす。

瑞花宮から、いきなり鶴恵宮の個室に這い上がった蛾がいるらしい。その噂を聞いたときは、どうせ、皇帝の戯れだろうと思った。

けれども、その蛾に皇帝は二度も手をつけたという話。俄然、興味がわいた。

だから、教えてやるのだ。

ここが後宮であること。

そして、自分の身のほどを。

邪魔者の一人であった趙華妃が死に、後釜が幼い呉家の娘になったのはよろこばしかったが、油断はならない。下から、いくらでも虫は這いあがるのだ。

「ふふ。楽しみ」

天女のように、されど、妖《あやかし》のように。艶やかな笑みをたたえながら、燕貴妃は花見の席で無様に落ちる蛾の姿を思い浮かべるのであった。

二

「さて」

花見まで、あと数刻。

演物の前に、演奏をまかされた妃嬪たちは音合わせをしなくてはならない。

青楓は碧蓉が運んでくれた自分の琴に指をのせる。

演奏は試験以来なので、一年ぶりだ。

しかし、弾いてみると、案外、指が動く。他の妃嬪たちと同じように、青楓はなめらかに琴を奏でた。

「ほ、本当に弾いてる……」

「昨日も静かだったから……練習なんて、していないはずなのに……」

昨日、楽譜を渡してきた妃嬪たちが顔を青くしているのが見えた。

とはいえ、青楓にとっては、おどろかれるような芸当ではない。この曲は、朱国の宴では一般的に用いられる。小さいころから耳慣れているし、後宮に入る際にも譜をおぼえた。

ああ、もしかすると、この妃嬪たちは良家の姫なのかもしれない。鶴恵宮の妃嬪は、青楓のような下級妃嬪から出世した者よりも、家柄でその地位におさまった者が多い。講義をほとんど受けていないのだろう。

最下層の青楓よりも、よほど夜伽の可能性があるというのに、杜撰だ。

美人のお金持ちは、得なのである。実にうらやましい。

「では、琴をお運びします。翔妃」

音合わせを終え、演物の刻も迫ってきた。その頃合いになって、知らない宦官が青楓の琴を運ぶともうし出る。

行きは碧蓉に運んでもらったが、演物の舞台を管理している宦官は、工部の人間だ。決まりもありそうなので、青楓は琴をいったん、あずけることにした。

「そういえば」

金恵妃は、どこだろう。

鶴恵宮の主役である。青楓たちの演奏で、演舞を披露するのは、他でもない彼女だ。それなのに、音合わせでは姿を現さなかった。

周囲を見回しても、気配がない。もうすぐ、花見がはじまるというのに。

青楓は金恵妃の姿を思い浮かべる。

いつも蓋頭で頑なに顔をかくしている隣国の妃嬪。後宮において、皇帝の愛を得る寵妃だ。金国の出身ではなかったら、皇后となっていたかもしれない。

趙華妃を呪い、蘭麗妃に刺客を仕向けたのは、金恵妃なのだろうか。

青楓は当初、偽装であると思っていた。けれども、ねらわれたのが蘭麗妃だと知ると、その推測にも自信がなくなる。

彼女は、信じてもいいのだろうか？

＊　＊　＊

ああ、忌々しい。

こんな国など、滅んでしまえばいいのに。

心からねがうことなど、いままでなかった。

だが、あるときを境に、その感情は沸々と。まるで、蟲《むし》のように育っていった。

このような国で。

このような蟲籠の後宮で。

忌々しい。

憎らしい。

そして、悔しい。

なぜ、つづけさせては、くれなかったのだろう。

どのようにして、この恨みを晴らせと言うのだろう——。

三

花見の席は雅であった。

工部の宦官たちによって、陽明宮の庭に、簡易的な舞台が設営されていた。舞台から池をはさんで、玉座には皇帝である紅劉が座している。

四妃と宮の妃嬪たちは、それぞれに用意されたひな壇につき、演物の際は舞台まで移動した。その他、六妃や下級妃嬪たちは、四妃よりも、さらに遠い席が設けられている。ここにも、後宮での序列が如実に表れていた。

陽明宮のまわりは、花見にあつまった後宮の妃嬪であふれている。その侍女や下女たちもいるので、大人数だ。主役である桃の花の木よりも、多いかもしれない。

この宴は、すべて皇帝のために催されたもの。

ただ一人の、この後宮の主である。

その主が、これから四妃の演物を見物するわけだ。

ただし、呉華妃は年齢が低い。四妃の中で、唯一、演物は免除されていた。代わりに、六妃の中から、笛の得意な妃が演奏するらしい。出世の好機である。

金恵妃と燕貴妃は演舞を予定していた。

現在、蘭麗妃が剣舞を披露している。

雀麗宮の妃嬪は舞台にあげず、自らの侍女たちと、華麗な剣舞を行っていた。さすがは、女でありながら、武官として活躍していた蘭麗妃だ。乱れのない精錬された剣の動きと、美しい舞を両立させていた。

途中で、投げた剣を侍女が拾い損ねていたが、それ以外は完璧である。むしろ、蘭麗妃の美しさと強さを際立たせていた。武官であった蘭麗妃らしい演物であろう。

それに、一番の寵妃は金恵妃かもしれないが、蘭麗妃も皇子を授かっている。

家柄だけではなく、四妃の器を持った人物だ。

「…………」

それにしても、だ。

蘭麗妃の剣舞が終わり、次は燕貴妃。その入れ替わりのあいだに、青楓は玉座を見遣った。

紅劉は肘掛けにもたれ、足を組んでいる。

遠くて表情は見えないが、ずいぶんと、「いいご身分」のように思われた。そういう存在なのだから、仕方がない。青楓が苦労しているのに、憎らしい。

つい、ぼんやりとしていた。だが、舞台から少し離れた位置から聞こえた怒声に、青楓は我に返る。

「この痴《し》れ者が！」

紅劉が座す玉座からは遠く、燕貴妃の演物を邪魔するものではない。けれども、鶴恵宮の妃嬪たちからは、よく見えた。

青楓はひな壇から見おろすように、様子をうかがう。他の妃嬪たちも、つられていた。

「もうしわけありません、蘭麗妃……！」

「黙れ。軟弱である！　そのような精神だから、身体も伴わんのだ！」

蘭麗妃と、その侍女たちであった。蘭麗妃の手には、鞭がにぎられている。侍女たちは頻《しき》りに頭をさげ、許しを乞うていた。

さきほどの剣舞で失敗した咎めを受けているのだ。見ている者は、そう直感した。

蘭麗妃は誇り高く、完璧主義者だ。自分にも他人にも厳しい人間である。失敗した侍女を折檻《せっかん》しようとしているのかもしれない。

花見の席で、見苦しい。

だれかが、そう囁《ささや》いている。だが、それを忠告できる身分の妃嬪はいない。いるとすれば、彼女と同じ四妃の位を持つ者だ。

青楓は口をはさむべきか悩み、静観した。

蘭麗妃は言葉を弄して納得するような人間ではない。初めて朝儀で顔をあわせたときに、理解したことだ。

「よいか。剣とは、こうあつかうのだ」

蘭麗妃は美しい顔に、表情を作らないまま、剣をとる。そして、剣舞のときと同じく、宙に高く投げた。

「…………！」

剣は美しく回転しながら、空中で放物線を描き——吸い込まれるように、侍女の頭へと落ちていった。

「わかったか」

冷徹な声。

蘭麗妃は、侍女の頭に剣が落ちる前に、その柄を正確につかみとっていた。一歩まちがえれば、自分の腕を失う。しかし、取らねば、侍女の首が落ちていた。

陽を照り返す銀の色が目に焼きつきそうだ。

周囲が息を呑む音がした。

まるで、戦場である。

後宮とは女の戦場というが、これはちがう。

比喩ではない。

「この失態は蘭家の汚点となることを、ゆめ忘れるな……だが、これは貴殿らを鍛えられなかった我が失態でもある」

蘭麗妃の言葉は重く、それは、血で血を洗う戦場での振る舞いそのものであった。

荒々しさはなく、精錬され、みがき抜かれた玉のような風格がある。彼女は戦士ではなく、将なのだと知らしめているようだった。

「では――」

蘭麗妃は理知的で麗しく、それでいて、雄々しくもある声で侍女に告げる。

侍女の顔に、緊張の色が濃くなった。

「これより、鍛錬を開始する！　腕立て用意！」

「はっ！」

号令とともに、侍女が地に伏せる。咎められていなかった、他の侍女二人も同じように伏せた。同時に、主であるはずの蘭麗妃までも、地に両手をつけて身体を伸ばした。

「一！」

「一！」

蘭麗妃はかけ声にあわせて、腕立て伏せをした。侍女たちも、同じようにつづく。

その光景を見ていた鶴恵宮の妃嬪たちから、一斉に力が抜けていった。緊張がほどけたのである。

「なんだ……いつものですか」

「部屋が雀麗宮ではなくて、本当によかった……」

口ぶりからして、蘭麗妃の鍛錬は、いつものことのようだ。だから、気が抜けているのか、と、青楓も納得した。

侍女たちと剣舞にのぞんだ時点で察していたが、蘭麗妃は後宮に入っても鍛錬を怠らない武人のようだ。朝儀でまっさきに青楓を諫めたことからも、その厳しさがうかがえる。

蘭麗妃と侍女たちの鍛錬をながめて、青楓はあごをなでた。

この声は……。

「さて、みなさま」

雀麗宮式鍛錬に気をとられていた鶴恵宮のひな壇。その一番前で、水を打つような声がする。

水面の波紋が、一気に静まりかえる瞬間のようだった。

いつのまに？

青楓は両目を細めた。

「本日は、よろしくおねがいします」

発言者は、深紅の蓋頭をかぶった妃嬪——金恵妃だった。

さきほどまでは、姿も見えなかったはずだ。しかし、いつのまにか、その場にいた。蘭麗妃の鍛錬を見ているあいだの出来事である。自分の侍女をかたわらに付き添わせ、金恵妃はひな壇の一番前で立ちあがった。

「…………！」

次の瞬間、青楓は目を見張る。

金恵妃が優美に笑みを浮かべたあと、頑なにとらなかった蓋頭を脱ぎ捨てたのだ。

異民族らしく、ゆるやかに波打つ灰色の髪が太陽の光を吸って銀に輝いた。瞳の色は神秘的で、「金を抱《いだ》いた灰」と形容するのが適当だろう。金色と灰色の中間色は、黄玉のようだ。

目鼻立ちがはっきりしており、西域の香りがする。

口元だけは、薄い布でかくされており、顔全体を見ることはできない。

「もちろんです、金恵妃」

予想外で言葉を失う青楓を横に、鶴恵宮の妃嬪たちは次々に頭をさげる。けれども、だれもが金恵妃の顔におどろいているようだった。

半分は見えないが、まともに金恵妃が顔を出すのは初めてだ。当然だった。

金恵妃の装いは演舞用だ。大袖の襦裙ではなく、肌を惜しげもなく晒す扇情的な衣装であった。青楓の感覚では布面積が極端に少なく、目のやりどころにこまってしまう。

思えば、衣装を着替えていたから、姿が見えなかったのかもしれない。皇帝の寵妃なのだ。化粧《おめかし》には、時間をかけてしかるべきであった。

「よろしくね、翔妃」

金恵妃が異国風の顔に笑みを刻む。かくれた口元から、逆に艶やかな色香が漂う。

名指しされ、青楓は戸惑いながらも礼をとった。

「はい、金恵妃」

ひな壇の下から、宦官の呼び声がかかる。

鶴恵宮、いや、金恵妃の演物を披露する番だった。

金恵妃が踵を返し、他の妃嬪たちもつづく。青楓もそのながれに従った。楽器は宦官たちが運んで、所定の位置に設置している。

入れ違うように、鶯貴宮の妃嬪たちが自分のひな壇へ戻っていた。

先頭を歩くのが、燕貴妃だろう。

燕家の娘で、四妃の中では、一番、年長者である。若い妃嬪たちにはない、大人の色香をふりまいていると感じた。

群青の襦の胸部は惜しげもなく晒され、大きく実った果実がゆれている。仕草や表情、一つひとつ、どれをとっても艶っぽい。

蘭麗妃たちに気をとられてしまったが、彼女の演舞も大変に妖艶であった。

「ふん」

すれちがう際、鼻で笑われた気がした。

それは、舞で演物がかぶった金恵妃への牽制だったのだろうか。いや、その笑みは青楓に向けられていた。

自意識過剰ではないと思う。これまで、四妃たちはそれぞれ青楓に関わってきた。青楓自身が望んだわけではないが、目立つからだ。

なにか、あるのだろうか。


演舞はつつがなくはじまる。

金恵妃の舞踊は不思議なものだった。

おそらく、金国の伝統舞踊なのだろう。衣装だけではなく、腰をふり、身体をやわらかく使う動きは、見たことがない。しなやかな肢体はよく鍛えられており、猫のようになめらかだ。

金国の民は遊牧民族である。馬上での移動が多く、金恵妃自身も軍務に就いていたとあって、さすがの身のこなしであった。蘭麗妃とはちがう種類の力強さも感じる。

その姿を見て、青楓は思案した。青楓が立てていた推測と、ちがう。

これは、どういうことでしょうか？

私、てっきり金恵妃は――。

「っ!?」

不意に、弦が大きく弾ける音がする。

同時に、琴を奏でていた青楓の指先に衝撃が走った。

弦が一本切れている。幸い、青楓の指に怪我はなかったが……演奏を大きく乱してしまった。

一瞬、時が止まったように、演舞が中断となる。だれもが弦を切った青楓に注目し、場が静まってしまう。その中には、金恵妃や紅劉の視線もあった。

「…………」

しかし、青楓は瞬時に次の音を弾いた。

演奏をつづけなくては。

青楓が音を出したことで、周囲の妃嬪は動揺する。

だが、青楓に迷いはなかった。

朱国で現在、一般的に使用される琴は七弦だ。けれども、二代前の皇帝の時代までは五弦が主流であった。そのため、五弦での楽譜も存在する。

五弦の譜など、もはや古典だ。だが、青楓はこの譜をそらんじていた。

後宮に入るなら、古典の知識も求められるだろう。そう思い、こちらも練習しておいたのだ。弦が少ないゆえに、複雑な技巧が必要とされる。上流の文化人は、七弦よりも、五弦の琴を好んでいるとも言われているくらいだ。幸い、切れた弦は、後世になって増やされた弦のうち一本である。

万全を期しておいて、よかった。

青楓が演奏をつづけたので、金恵妃も舞を再開する。他の妃嬪も、違和感がないように、演奏に入っていった。

危ぶまれたが、なんとか演物は進行している。

「………？」

ふと、視線を感じた。

何気なく、玉座の紅劉を確認する。また青楓が目立ちそうなことを企んでいるのかと思ったが……こちらは濡れ衣のようだ。あいかわらずの態度で、金恵妃の舞を見ていた。ときどき、声をかけているのは、きっと宦官だ。

それに、これは紅劉がわざと向ける種の視線ではない。

身の毛がよだち、寒気がする。殺気のような、憎悪のような、強い感情が乗っているような気がした。

紅劉ではないとすると、だれだ。

青楓は可能な限り、花見の会場を見回す――と、視線と視線が交差してしまった。

その人物は、鷲貴宮のひな壇で足を組み、憎々しげに唇を噛んでいる。まちがいない。燕貴妃であった。

そこで、青楓は弦が切れたのは燕貴妃の差し金であると察する。演物がはじまる前の嘲笑は、やはり、青楓に向けられていたのだ。

それにしても、背筋の凍るような視線である。殺気のようにも感じられて、非常にやりにくい。後宮で目立った妃嬪に「ちょっとした悪戯」をするなんてものではない。

怨念。憎悪。

いや、執念?

いったい、どうして、そこまでの感情をぶつけられているのだろう。青楓には、理解できなかった。

四

「娘娘、すばらしかったです。桃花は感激いたしました!」

演奏を終えた青楓に、桃花はこう言ってくれるが、納得はいっていない。

「二箇所……音を外してしまいました。全然、だめです」

青楓は嘆息した。

弦が切れたのは事故のようなものなのでいい。それよりも、青楓は自分がまちがえてしまった箇所が気になった。

主に、燕貴妃の視線のせいなのだが。こんな失態は、初めてである。

「いいえ、娘娘の演奏は突出しておりました。ひときわ清らかで、流暢。飛ぶ鳥も羽を休めるすばらしさでございます。途中で弦が切れたとは思えなかったですよ!」

「大げさです。合奏なのですから、そんなに目立ちません」

「いいえ？　娘娘の演奏は、際立っておりましたよ？」

そんなまさか。誇らしげにしている桃花には悪いが、いくらなんでも言いすぎだ。他の妃嬪たちも聞いているのに。

青楓は「調子に乗るな」という反応を期待して、周囲に視線を向ける。ここは後宮だ。他人の足を引っ張りたい人間が大勢いるはず。

だが、意外なことに、だれもが青楓から視線をそらしてしまった。昨日、青楓に楽譜を押しつけた妃嬪たちも、黙っている。

あまりに不自然だったので、これは青楓にもわかる。

やはり、青楓の演奏がひどかったのだ。

「あんな人、ついていけませんよ」

「わかります……なんか、すごかったです……」

「あれ、ほとんど練習していないのですよ……」

「はあ!?」

あまりにひどすぎて、ひそひそと指までさされていた。

青楓には、小説を書く以外の取り柄がない。音楽は専門外なのだ。

「……はあ。少し、練習しておいたほうがよかったですね」

慢心していた。こういう悪目立ちは、よくない。「そんなことありませんってば！」とむくれる桃花をおいて、青楓は頭をかかえた。

「そういえば」

また金恵妃がいなくなっている。着替えているのだろうか。

けれども、蘭麗妃が刺客に襲われた件もある。念のため……というより、金恵妃がなにをしているのか、確認しておく必要を感じた。

青楓の役目は囮だろうが、紅劉にまかせていても、身の安全は保障されない。自分で動くしかないのだ。

青楓は、そっと鶴恵宮のひな壇から離れる。

現在、舞台では六妃の代表が笛を演奏していた。呉華妃の代わりだ。これが終われば、一同が花見を楽しむ食事会となる。四妃は皇帝を囲み、その他の妃嬪は好きにしろ。そういうながれだ。

少なくとも、金恵妃も食事会までには戻るだろう。

「そのような言いがかり！」

「そうです。呉華妃に不敬です！」

金恵妃をさがしていたが、気になる声に青楓は足を止めた。

四妃同士の諍いがあることは、想像に易い。彼女たちは同格だが、敵同士だ。互いに寵妃の座を争い、蹴落とす機会をうかがっている。その戦いは、表舞台に限定されるものではない。

桃が咲き誇る庭で対峙していたのは、そんな四妃の一角であった。

一方は、年端もいかない幼い妃。若々しい翠色の襦裙をまとった呉華妃であった。花見の演物は行わなかったが、頭を飾る桃色の髪飾りが愛らしい。侍女たちに、守られるように立っていた。

もう一人は、鶯貴宮の主、燕貴妃であった。衣装だけではなく、仕草も申し分のない美しさだ。後宮内でも、一番を争う美女と言われるだけある。色気で胸焼けしそうな成熟した美貌であった。

対照的な二人に、「なぜ?」と、疑問に思ってしまう。

「せっかくの舞台を棒にふるなど……とんだ腑抜けですこと。同じ四妃として、はずかしいですわ。幼いとはいえ、あなたも妃の一人でしょうに。せっかく、手に入れた四妃の座がもったいないないですよ」

扇を広げて優美な笑みを浮かべたのは、燕貴妃であった。

一人だけ演物を免れた呉華妃をなじっているのだ。敵が減ったのだから、よろこばしいと思うのだが……後宮の人間関係はむずかしい。逆に、相手を傷つけようと、攻撃の材料にしているようだ。

「妾を莫迦にしておるのかえ?　べつに、このような場で点数を稼がなくとも、妾はいいのじゃ。必要になれば、父上がまたお金を出してくれるからな」

呉華妃も対抗しようと、声をあげていた。論調が、青楓と会ったときと同じだ。語彙力がなく、かわいそうになる。

「お金で大家の寵愛を得ようと？　笑わせますわ」

「はーはっはっは！　笑うのは、妾じゃ！　貴様は、大家に愛想を尽かされたのであろう？　みなが噂しておるぞ。たった一度のお通りで図に乗る老女《ババア》とな」

「なっ……！」

「お金が足りなかったのではないか？」

呉華妃を睨む燕貴妃の顔がみるみる、ゆがんでいった。それでも、醜悪に見えないのは、天女のような容姿と蜜のような色香のせいだろう。

「貴様などより、そこにおる翔妃のほうが、数倍、妾の好敵手にふさわしい！」

唐突に、呉華妃が青楓を指さした。そっと見守っていたつもりだが、ばれていた。かくれていたわけではないのだが、急に注目されると、視線が痛い。

「翔妃ですって!?」

呉華妃が指さしたことで、燕貴妃も青楓に注目した。

その目つきは、さながら、幽鬼のようだ。すべての恨みをのせたかのような視線で射貫かれて、青楓は身の毛がよだった。立っているだけで、脂汗をかく。視線だけで呪い殺されてしまいそうだった。

この感覚には、おぼえがある。

演奏中にも感じた……あのときも、燕貴妃は青楓のことを睨んでいた。

「な、なにか……？」

つい、問うてしまう。

燕貴妃とは、ほとんど初対面のはずだ。顔を見たことがある程度である。蘭麗妃相手とちがって、なにかをやってしまった記憶もない。なのに、こんなに睨まれるとは、どういうことだ。

「のう、翔妃。単に、青楓の大出世がおもしろくないだけとは、思えなかった。

そなたも、大家にいっぱいいっぱいっぱい貢いだのであろう？　それで、鶴恵宮に入ったのじゃろう？」

呉華妃は自分の意見に賛同すると信じて、青楓に話をふった。自信満々である。

「いいえ？」

青楓は当然のように言い返した。

「私、大家には一銭も積んでおりません。そのようなお金がありましたら、紙を買います」

青楓にとっては、息をするくらい簡単な返事だ。考える必要もない。

「ち、ちがうのかえ？　なら、どうやって……」

「くわしいことは、秘密にございますが……少なくとも、呉華妃が考えているような方法ではありません。私の実家、貴族を名乗るのもあやしいほど貧乏ですし。私、後宮に入ったのも、借金返済のためですから。身売りですよ」

ありのまま、本当のことだ。それなのに、呉華妃は青楓の言葉を愕然とした表情で聞いていた。

「あんなに、いろんなことを知っていたのに……？　書庫がほしいと言っていたではないか。なんでも手に入れているから、次は書庫がほしいのではないのかえ？」

「いいえ、ちがいます。呉華妃。私は、なんでも手に入れたから書物がほしいのではありません。書物が一番ほしいだけです」

「なんじゃと？」

そんな人間、見たことがない。そういう目である。

「知識より、価値があるものはございませんから」

書物は財産だ。知識は武器であり、力となる。何物にもかえがたい宝であった。その価値を理解していない呉華妃が不憫でならない。

「そ、そうか！　書物がほしいのだな？　聞いておどろくがよい。そなたがほしいと言うから、妾は亀華宮に書庫を作るよう命じたのじゃ……そなたがうらやむような、立派な書庫だぞ？　ほしいなら、頭をさげれば――」

「まあ、本当ですか？　では、これで呉華妃も勉学にはげむことができますね。私、ふさわしい書物を選定いたしますよ。これでも、私、妹や弟に字を教えていたのです」

「え？　え？　妾の？」

「あたりまえです。だって、呉華妃がお作りになる書庫でしょう？」

言いながら、青楓はどのような書を置くか、考えはじめた。思考が進むと、次第に自分がほしい書物も交ぜてしまっていたが、まあいいだろう。呉華妃が読んでも、損はないはずだ。

「あなたたち……わたくしを無視するなど！」

気がついたら、燕貴妃の視線が殺気立っていた。後宮で一番を争う美貌が、とうとう台無しになっている。

「わからないのかしら。わたくしの美に見向きもしない男などいないのです！　わたくしが一番、美しい！　この美で、なんだって手に入れてきました！　なのに、どうして……どうして、みんな、わたくしを無視するのよ！」

燕貴妃は自らの美しさに絶対の自信を持っている。それは、青楓にはないものだった。これだけ自信があるのも納得する。それくらい、彼女は後宮という場であっても、輝かしい。ひときわ麗しい花だと思う。

しかし、実際は、四妃でありながら皇帝のお通りは一度しかない。新入りで、幼い呉華妃はべつとして、寵妃である金恵妃や、皇子を授かった蘭麗妃より一段低いあつかいを受けていた。

燕貴妃の誇りがゆるさないのだろう。

そこへ、青楓だ。燕貴妃にくらべると凡庸な青楓が出世し、自分よりもお通りの回数も多いとなれば、この態度もわかる。

呉華妃が演物を免除されただけで、嚙みついた程度だ。金恵妃や蘭麗妃のことも、よく思っていないかもしれない。

自分の地位をあげるために、他の妃嬪を陥れるという線も考えられる。燕貴妃のこの執念は異常だ。とくに、皇帝の寵愛を得ている金恵妃のことはおもしろくないはずだ。皇子をもうけた蘭麗妃のことも。

燕貴妃が襲撃を偽装する動機は、充分にあるらしい。そして、この執拗な憎悪だ。趙華妃を呪い殺すくらいのことはしそうである。

「その線は、その線で、妙なのですけれどね……」

つい、考えながら青楓が独り言を漏らすと、燕貴妃は顔を真っ赤にする。

「ちょっと！　聞いているのかしら!?」

「もうしわけありません。考えごとをしておりました……ああ、やっぱり、だめですね。紙に向かわなければ、思考がまとまりません」

「はあ？　莫迦にしていますの!?」

青楓の返事が気に入らなかったのか、燕貴妃が語調を荒らげる。

「大家から気に入られたからと言って、調子に乗らないことですわね。あの方、飽きるのも早いですから！」

「そもそも、私は気に入られているわけでは……ん。いいえ、肝に銘じておきます」

紅劉との取り引きは口外できない。いまは、こう言っておくしかなかった。

「………」

青楓は紅劉の言動を思い起こす。

紅劉が青楓を妃嬪として気に入っているとは、到底思えない。それどころか、彼はだれに対しても、おなじなのだろうと想像がついてしまう。

距離をつめる素振りはあるが、決して、ちかづくことはない。心では必ず一線を引いて接している。

それは青楓に対してだけではない。あんなに紅劉を慕っている碧蓉にも、同様の距離感だと思った。

寵妃と呼ばれている金恵妃だって、本当に愛しているか知れたものではない。紅劉から、金恵妃を慮《おもんぱか》っている態度がまったく見えてこないのだ。言葉一つひとつに熱量がなく、平坦だった。


——そのほうが、ありがたいんだよなぁ。


あの瞬間だけ、紅劉の素顔のようなものが見えた気がしたのは、考えすぎだろうか。

「めずらしい組みあわせ」

水を打ったように、場が静まりかえった。

対峙する三人の妃嬪。

そこに加わったのは、蓋頭で顔をかくした——金恵妃だった。

演舞の衣装ではない。朱色の鮮やかな襦裙をまとっている。いつものように、肌をあまり見せず、首元までかくす意匠の服である。

本番前とちがって、思いのほか、早めに帰ってきた。青楓は少々、おどろいてしまう。

青楓は金恵妃の顔を確認しようと、目を細める。だが、馴染みの蓋頭にはばまれて、よくわからなかった。

「金恵妃！」

金恵妃の登場が、燕貴妃の怒りに油をそそいだ。燕貴妃は奥歯を噛んで、金恵妃にも憎らしそうな感情をぶつける。

「燕貴妃、ごきげんよう」

その怒りをかわすかのように、金恵妃の声は涼しげであった。他愛もないあいさつだ。

「悪いけど、翔妃は、まだ慣れていない。あまり、いじめないであげて？」

金恵妃は蓋頭の下で、笑っているようだった。

親しげに青楓のかたわらへ歩み寄り、腕を引く。その仕草は無邪気で、可憐な乙女そのものだった。

「あなたは、そんな年増の肩を持つのかしら？」

燕貴妃は青楓を指して、金恵妃に問う。たしかに、青楓は今年で齢二十七。後宮においては年増だろう。まちがってはいない。とくに腹も立たなかった。

話が通じない蘭麗妃とちがって、燕貴妃の罵りは程度が低い。呉華妃と似たようなものだと思っていた。

「翔妃は、お友達だよ」

　金恵妃は青楓の腕をつかんで、そう言った。

　近くで金恵妃が動くと、花の香りがする。強めの香を使っているようだ。若い女性にはめずらしい。

　演物の際には、なかった香りだ。

「はんっ。ここが、どこかわかっているのかしら？　その女だって、寵妃の座をねらっているのよ。雀麗宮を襲ったのだって、その女かもしれませんわよ？」

「雀麗宮が……？　失礼ながら、燕貴妃。その話を、どこで聞きましたか？」

　青楓は静観していたが、つい口をはさんでしまう。

　雀麗宮の襲撃を知っているのは、紅劉たちと青楓だけだ。

　あとは、襲われたという蘭麗妃程度で、後宮の妃嬪たちには、伏せられていた。碧蓉のことだ。雀麗宮の人間にも、箝口令を敷いているだろう。

　鶯貴宮の燕貴妃が知っているはずがないのだ。

「それは……」

　燕貴妃は自らの失言に気づき、口をふさいだ。そして、逃げるように踵を返してしまう。

「お待ちください、お話を――」

「ま、待つのじゃ。翔妃！」

燕貴妃を追おうとした青楓の袖を、呉華妃がつかんだ。

いまは、それどころではないのだが……しかし、ふり返った呉華妃の顔には、薄らと涙がたまっていた。駄々をこねる子供そのものだが、とても捨て置けるような表情ではない。金恵妃も、「ちょっとくらい話を聞いたら？」と、笑っているようだった。

青楓は、思わず足を止める。

「あ、いや、その、じゃ……書庫がいらぬと言うなら、代わりを言ってみるがいい。妾が特別に――いや、ちがうのじゃ。べつに、やるとは言っておらぬ！　そなたは、妾が手に入れた姿を見て、指をくわえるのじゃ！」

呉華妃は、まだかんちがいしているようだ。

彼女はなんでも、お金で解決しようと考えるくせがあった。その思想を否定するつもりはないが、八歳でこれでは、さきが思いやられる。

呉華妃が主張している間に、燕貴妃は、自分のひな壇へと戻っていってしまう。この場で、雀麗宮の襲撃について追及するのは、むずかしそうだ。

「そうは言われましても……」

だいたい、青楓は書庫に自分の好きな本を入れさせ、ちょっと借りる程度が一番気楽なのだが――まて。いいことを思いついた、と、青楓は唇に弧を描いた。

「では、呉華妃。今度、お茶をしませんか？」

「茶会か！　妾、茶会は大好……そなたが言うのであれば、仕方がない。自慢の茶菓子をふるまってやってもよいぞ」

「それはよかった。よろしければ、金恵妃も一緒に鶴恵宮で、と、考えております」

青楓は人好きしそうな笑みを作り、となりの金恵妃を巻き込んだ。

「呉華妃には、一つおねがいが……亀華宮の羊を連れてきていただけますか？」

青楓が提案すると、呉華妃は「そんなことでいいのか？　よいぞ！」と、胸を張った。

「羊!?」

金恵妃が目の色を変えた。実際に、青楓から表情は見えなかったが、おそらく、目を輝かせているだろう。

「羊は大好き！　ぜひ、そうしよう！」

次回の茶会が決まった。

五

その晩、予測はしていたが、また紅劉が訪れた。

碧蓉は見回りと言って、部屋の外へ出てしまう。

「なんだ？」

虫を見るような目で睨んでしまった自覚はある。青楓は「べつに」と息をつきながらも、几に向かう。

今日こそは、執筆しなければ精神がもたない。限界だ。指が筆を求めている。紙だって、青楓の物語を待っているにちがいない。片眼鏡をしていないと、目がおちつかなかった。

洋燈をつけると、部屋が一気に明るくなる。

「また無視か。いいぞ、慣れてきた」

無視されているのに、嬉々として近づいてこられるのは、迷惑極まりない。

「もう碧蓉殿に報告しました。すみやかにお帰りください」

青楓は禁断症状が出るまえに、硯で墨をする。

紙と墨のにおい。最高だ。この瞬間のために生きているのである。

後宮に入ってから、ずっと創作活動に没頭してきた。いくらでも時間をそそぐことができていたのだ。ゆえに、いまのこの状況。最悪である。

だのに、うしろから、紅劉がのぞきこんでくる。

「まだ、なにか?」

「やっと、こちらを見たな」

「無視をしていると、大家がうれしそうな顔をしておりましたので。逆を行ってみました」

「うれしい? 俺に、そんな趣味はないぞ。ただ、おまえのような妃は、なかなかいないから、めずらしいだけだ」

「私程度の美女なら、そこらに転がっておりますすよ」

「そうではない。そういうところではない」

では、なんだと言うのだ。この男、面倒くさい。大型の狗かなにかのように見えてきた。構ってほしいのだろうか。

見られていると、書きにくい。

「これから、私、象に乗った敵将がふり落とされた挙げ句、踏まれて死ぬ場面を執筆する予定なのですが」

「……そこは、主人公がとどめを刺すのではないのか」

「私、現実重視ですので。この軍の象は兵糧不足で疲弊し切った状態のまま、主人公の騎馬隊と戦うのです。だから、主をふり落として逃げることも、あると思います」

「ふむ……では、その兵糧を断つ役割を主人公にさせるのは、どうだ。事前に情報さえあれば、俺なら、そう指示する」

「な・る・ほ・ど！」

目から鱗だった。兵法には目をとおしたが、やはり、実戦経験があるかないかではちがう。いや、それどころか、紅劉は朱国でも指折りの将だ。後世にも名が残るほどの。

皇族として帝位を争うまえは、韋姓を名乗っていた。そのころの紅劉の武勇は民衆でも知るところ。兵部だけでなく、市井も彼が皇帝となることを望んだのは、いまとなっては美談である。

そのころ、蘭麗妃も女だてらに武官として活躍していた。後宮に入り、無事、皇子をもうけたことで、貸本屋で恋愛小説が流行った時期もある。

ただ、蘭麗妃には、もともと、楚玖鶯《そくおう》という許嫁《いいなずけ》がいたという話もあり、大衆小説としては紅劉自身の伝記的な作品のほうが好まれていた。蘭麗妃の許嫁は楚氏の、長子であったが、金国との戦で亡くなったらしい。

断絶させられた周氏の生き残りで、韋氏に育てられた皇族。武人としても、軍の将としても優れた功績を残し、即位後、すぐに敵対していた金国との和平を築いた偉人である。

これだけそろえば、題材としては充分だった。

むしろ、都合がよすぎて作り話めいている。胡散臭い。

そのあたりの真偽も、本人に問うてみたいものだ。

「では、このような場合は――いやいやいや、おちつきましょう。私……小説の素人に意見を乞うなど、はずかしい！」

べつの戦場描写の意見ももらおう。と、一瞬考えてみたが、青楓は思いとどまる。つい余計な独り言まで言ってしまった。

今日も、蔡倫から小説の感想が届いていた。またもや、「駄作極まってきたな。説明が多くて冗長だ。資料集を読まされていると思ったぞ。いちおう、ご希望どおりに貸本屋には渡すが……期待しないほうがよいのではないか？」などという、あきれたものであった。

文学を理解しないくせに、余計なお世話だ。

そういう経緯もあり、青楓も少々あせっていたかもしれない。青楓の物語はまちがいなく傑作だ。それは変わらないはずなのに……やはり、早く完結させなければならない。最後まで書きあげた傑作を読めば、蔡倫も考えを改めるはずだ。

　まあ、他に確認したい情報については、きちんと得ることができたので、いちおうは満足している。

「いいんだぞ？」

　紅劉が口角をあげて笑っている。勝ち誇って、優越感がにじみ出ている表情だ。楽しくて楽しくて仕方がない。そう聞こえてきそうだった。

「結構です！　大家に聞くことは、ございません！」

「なんだ、つまらんな……」

　紅劉にこれ以上、好き勝手させてなるものか。どんどん調子に乗って、要求があがっていくに決まっている。

　青楓が断ると、紅劉は大きなあくびをした。彼はつかれた素振りで伸びをすると、隣室へとつづく扉に手をかける。青楓の寝室だ。鶴恵宮の個室は、二間続きになっていた。桃花など侍女がひかえる部屋ともべつである。

「ちょっと寝る。借りるぞ」

「え？　はあ？」

　青楓は間抜けに口を開けて返答する。

「寝るだけだ。眠い」

紅劉が言葉を継ぐ。

おそらく、夜伽はいらないという補足のつもりだ。

「それなら、どうぞ……いえ、待ってください。冷静に考えると、大家が私の寝台で寝ていると、私が眠りたいときに場所がありません」

「はあ？　なにもしないんだから、べつに勝手に入ってきて、横に寝ればいいだろう？」

「ええ？　せまいし、暑いではありませんか！」

「問題はそこなのか。そこでいいのか。想定外だぞ……」

「あと、変なにおいがつきますし……」

「俺はそんなにくさいのか!?」

「いえ、べつに。他人のにおいが寝台につくと、安眠の妨げになります。眠れないと、思考の阻害になり、集中力が落ちますから。昼間を執筆時間に充てられない以上、それは命取り。これ以上、創作活動の邪魔をしないでいただけますか？」

紅劉が頭を抱えて息をつく。青楓としては、当然の受け答えだったはずだ。

「おまえの言い分は、毎回、わからん……」

「それは、私のほうです。おやすみでしたら、お帰りください」

青楓はにこやかに、出口を示した。

寝るだけなら、絶対に自分の部屋がいい。わざわざ、妃嬪の寝室に行く必要などないのだ。

「じゃあ、そこでいい」

だが、紅劉は往生際が悪かった。窓際の長椅子を指さす。

青楓が返事をしないうちに、彼は寝室へ勝手に入り、出てくる。枕と敷布を調達したようだ。止める間もなく、長椅子に身を横たえてしまった。

「ちょっと、勝手に……」

青楓はたまらず、紅劉のかたわらへ歩み寄る。紅劉は目を閉じて、顔のうえに手を当てていた。

「後宮に出入りしていないと、周りがうるさいからな」

紅劉は言い訳のように唱えた。

「それに、近くに他人がいるほうがいい。熟睡しなくて済む」

「はあ……眠るときは、お身体を休めるのが、よろしいと思いますが。さきほどもうしあげましたけれど、寝不足は思考を阻害しますよ」

あきれる。よくわからない。

青楓は叩き起こして追い出そうと、紅劉の肩に手を伸ばす。

刹那。

不用意に伸ばした青楓の手首を、紅劉がつかんだ。なにが起こったのか把握するまえに、視界が反転する。

「よく眠ると、こういうときにこまるだろう？」

前にあったはずの自分の腕が、うしろにまわっていた。

痛い。身体がねじれてしまいそうだ。

ゆっくりと事態を理解していく。体術の類だ。関節を封じられ、青楓は動くことができなかった。緊張して息さえも苦しい。

ようやく、「こまる」という紅劉の言葉を呑み込んだ。

皇帝という立場上、命をねらわれることは多い。眠っているあいだに……という場面も、考えられる。もしかすると、何度もそういう事態に遭ったのかもしれない。

だれかがいると、ほどよい緊張感が生まれる。油断して寝首をかかれる心配がなくなる、ということか。野生動物の理論だ。

「おまえは、俺が巷でどのように言われているか、知っているか？」

紅劉の問いは、笑っているようにも聞こえた。けれども、それは嘲笑なのだと、青楓は気づく。

青楓を笑っているのではない。

「とんだ美談だ。全然、ちがう」

紅劉は吐き捨てるように言った。一方で、青楓を押さえつける腕の力が、ゆるくなっていく。

「すべて俺のためだ。ただ無為に殺されないために、この道しか選べなかった。善政？俺は人を選ぶのが上手いだけで、なにもしちゃいない……他は空っぽだよ。そんな男が、生き残るためだけに、この国の頂点にいるんだ。利用した人間も、裏切った人間もいる。こんな生き意地汚い男のために、だ」

どうして、こんな話を聞かされているのだろう。額に汗をにじませながら、青楓は歯を食いしばった。

なにか返答すべきだろうか。

しかし、それは求められていない気がした。これは独り言のようなものなのだと思う。

「すまない」

ようやく、腕を解放される。まだ関節が軋《きし》んで痛かった。半刻は筆が持てないかもしれない。

「いいえ……こちらこそ、もうしわけありません」

青楓は手首を押さえながら、息をつく。

仕方のない男だ。

「大家は……このようなお言葉を望んでなどいないでしょうが、発言しても、よろしいでしょうか？」

それは、求められていない答えだ。

けれども、青楓は口にせずには、いられなかった。

そういう性分なのだ。相手を説き伏せなければ気が済まない。幼い時分より諫められてきた悪癖だ。

だが、そんな青楓に対して独り言を漏らしたという意味を、目の前の男に教えたかった。

「大家はご自身の出自や功績にご不満があるご様子。しかし、私から見れば、あなたの治世は悪くありません。私の侍女は、金国の出身です。奴隷として虐げられていたのを、拾いました。いまだに、朱国では異民族への風当たりは強いのです。ですが、大家のなさった金国との和平は、将来、私の侍女を救うでしょう。戦が終わって、救われる民は、他にもございます。翔家は下級貴族ですし、戦で利など得られません。多くの民も、そうでしょう。なんにせよ……あなたのおかげで、得をしている者はたくさんいるのです」

いつも紅劉は青楓の話をあまり聞いていない。だが、このときばかりは、黙ってつづきを聞いていた。

「市井では、貸本屋や読み聞かせも増えているのですよ。いままで、宮でしか活躍できなかった彫刻や絵画の芸術家も、様々な場で技術を披露しています。自由な表現を、という大家が出したお触れがあるからです。西域の品も、たくさん買えるようになりました。諸外国に遅れをとるまいという、政策のおかげです。碧蓉殿から聞きましたが、今度は西域から、活版印刷機を購入されるとか？　すばらしいです。それが普及すれば、もっともっと、書物が安くなるではありませんか！」

朱国は豊かだが、西域諸国にくらべると劣っている部分がある。それは、書物や交易品を見ても、よくわかった。

現状を理解せず、自分たちの利益のために異民族排除や交易の規制を訴える貴族たちは、青楓にとっては愚かに思える。それらを退けた紅劉を、少なくとも青楓は高く評価していた。

「大家は不服かもしれませんが、あなたの半生を書いた小説が出回るのだって、その証拠です……まあ、私は、あんなものは脚色された美談であると、最初から疑っていましたけれどね。ありきたりで、ご都合主義なのです。ですから、大家のお言葉を聞いて、現実味があっていい！　と、思いました。やはり現実は、こうでなくてはいけません。ご自分のため、という小物感が逆にいいのです。大家、もう少し暴露していただけますか？　とても、参考になります」

「……おまえ、本当にそういう無粋なところがあるよな。初見のときも、俺の顔ではなく、傷口ばかりを見やがって……」

やはり、観察していたのが気づかれていたか。青楓が「ふふ」と笑うと、紅劉は「はあ」と、大きな息をついた。

「慣れてくださったのでしょう？」

「ああ、慣れた。慣れてしまったから、そのままでいてくれよ」

「その要求も、どうかと思いますが……」

紅劉の表情がゆるまり、気まずくなった空気が解けたように思う。

そこで、青楓はもう一つ、発言してみることにした。

「ところで、大家。さきほど、もうしたように、睡眠不足は思考を阻害します。そのために政務の効率が落ちることは、ゆるされません。大家には、死ぬまで馬車馬のように働いていただく必要があります」

「ものすごい不敬を言っていないか?」

「それに、不眠は寿命を縮めます。大家は生き意地汚いとおっしゃいました。であれば、長生きする努力をすべきです。さきにも述べましたが、私は大家の治世を評価しております。長生きしてほしいのです。健康を維持するのは、互いの利益です」

「結局、おまえはそこに帰結するのだな。俺個人は、どうでもいいのか」

「はい。大家個人は、どうでもよいのです。人間とは、欲深く、身勝手なものでしょう。ご自分でもおっしゃったばかりではありませんか。それが他者の利にもなるのだったら、一石二鳥ではございませんか?」

まちがいは、一言たりとも言っていないはずだ。

これも、青楓の創作活動のため。紅劉には、朱国の安寧《あんねい》を守り、文化を発展させるという使命を果たしていただかなくてはならない。

代替わりした次の皇帝が、文化に寛容だとも限らない。歴代の皇帝の中には、意に添わぬ書物を焚書した者もいるのだ。青楓が生きているあいだは、紅劉にずっと統治してもらうのが最善である。

「ですから、大家はしっかりおやすみください。そういう条件でしたら、この部屋で寝ていただいてかまいません。寝台も……やむをえません。敷布を買い換える程度の手当をはずんでいただければ、我慢しましょう。私、桃花と寝ますから」

「さっき、一緒に寝ると暑いからいやだと言っていなかったか」

「桃花はべつです。あたりまえではないですか」

「ちがいがわからん……」

「全然ちがいます。私と桃花は家族のようなものですから」

「おまえは、俺の妃じゃないのか……？」

「妃の一人ではありますが、そもそも、そういうものを求めていないのでしょう？　私、ただの囮で、寵妃ではありませんから」

細かいところにうるさすぎる。いまは、そこが論点ではないのに。と、青楓は息をつく。

「危険があれば、私がお知らせします。執筆中は起きていますから。私が眠ったあとが心配なら、声をかけます。それなら、少なくとも、執筆中だけは眠れるでしょう？　もう少し眠っていたいのなら、表で待っている碧蓉殿を室内で過ごさせましょう」

青楓は理路整然と紅劉に説く。

紅劉は目を見開いて青楓の顔をながめていた。

「これは交換条件です。私は、大家に休んでいただかなくては、こまるのです。そして、大家はどうしても、ここで眠りたい。どうでしょう。交渉に応じますか？」

青楓を見る紅劉の顔は、まぬけであった。

話を理解してくれているのか不安になってしまう。子供でもわかるように易しく説明したはずだが……もう一度、言ってみるか。

「ですから、私は――」

「わかった、成立だ」

紅劉は、ようやく言葉を返した。

「おまえのような正直で自己中心的な妃がいてくれて、俺はうれしいよ」

どういう意味だ。やはり、彼には被虐趣味がある気がしてならない。

青楓は冷ややかに一瞥して、ふたたび几に向かう。

「そうですか。では、執筆の邪魔ですので、おやすみなさいませ」

条件を呑んだなら、さっさと眠ってほしい。

青楓は、まだ痛む右手で筆を持つ。

墨のながれが不自然だった。だが、次第に慣れて流暢になっていく。

紅劉は少しのあいだだけ、長椅子に座ったままだった。けれども、いつのまにか、寝所へと移っていた。

片眼鏡をつけると、紙がよく見える。洋燈の光があたたかく、紙と墨のにおいだけが癒やしだ。

「………」

それなのに、今日は部屋に、慣れない香りがまざっていた。

慣れない香りがするせいなのか、それとも、紙に向かって思考が冴えてきたからか。

頭をよぎったのは、小説の内容ではなかった。

青楓は筆を止める。

襲撃は蘭麗妃をねらったものであった。

そもそも、なぜ、蘭麗妃のときは刺客による襲撃だったのだろう。同一犯であれば、趙華妃とおなじように呪詛をかければいい。そのほうが、足もつきにくいだろう。呪詛のほうが犯人の特定がむずかしい。

呪詛をかけた人物と、蘭麗妃をねらった人物は、ちがう？

その可能性について、青楓は考えたことがなかった。まったく性質のちがう事件だというのに。容疑が金恵妃にかかっているという理由だけで……いや、趙華妃の件と、蘭麗妃の件が同一であると断定してしまったのは――紅劉が、青楓にそう告げたからだ。

青楓は紅劉が眠る寝室をふり返った。

紅劉は青楓に、その答えを教えはしないだろう。

明日の茶会で、やれるだけやってみるしかない……か。

第四幕　契約と信頼、あと羊

一

「ふっふっふっ。どうじゃ、翔妃よ。そなたが所望した羊であるぞ！」

金恵妃との茶会の席に、羊を連れてきた呉華妃。幼い顔を優越感で染めあげて、腰に手を当て、胸を張っている。

「めぇぇぇぇぇ」

鶴恵宮の庭。

東屋に準備された茶会の席。その隣で、白い動物が声をあげて鳴いた。綿毛雲のようにやわらかく、ふっくらした見目——羊だ。呉華妃の庭で飼われているものを、茶会のために、連れてきてもらったのだ。

「羊！」

羊を見て、金恵妃が声をはずませた。蓋頭で顔は確認できないが、几に両手をついて立ちあがっていることからも、興奮しているのがわかる。

「羊……！」

青楓のうしろで、侍女としてひかえる桃花も、両頰を朱に染めている。彼女も、以前から羊がほしいと言っていた。

羊は金国では一般的に飼われているらしい。毛は糸となり、編めばあたたかい着物となる。最近は、市井でも、羊毛の布が出回りはじめていた。金国出身の二人はなつかしく思っているのだろう。それぞれに、よろこんでいるようだった。

「触ってもいい？」

金恵妃が呉華妃に許可をもとめた。

「うむ。よいぞ！」

呉華妃は自慢げに鼻を鳴らした。金恵妃は席を立ち、羊に近寄る。

「はあ……やわらかい。それに、丸々と太っている」

もふもふの体毛に触れて、金恵妃はとろけるような甘い声を出していた。桃花も、羊を触りたそうに、うずうずとしている。

「呉華妃、私もいいですか。あと、できれば、私の侍女にも」

「よいぞ。妾は寛容なのじゃ！」

呉華妃の寛容さに甘えて、青楓も羊に触れる。桃花もつづいた。

体毛が本当に綿毛のようだ。あたたかくて、やわらかい。毛の中に手を沈めていくと、皮膚に触れることができる。人肌よりも、ずいぶんと熱があった。思わず、抱きつきたくなる。

「呉華妃、この子には名前はあるのですか？」

「名前か？　そういえば、ないかもしれぬ。後宮に来てから、初めて飼ったからな……」

　象に名をつけていたので聞いてみたが、こちらにはないようだ。

「羊に名前、必要？」

　金恵妃が、ちょっと不思議そうに首を傾げた。桃花も、あまりかみあっていないようだった。

　金国には、羊に名前をつける習慣がないのか。このようにかわいらしいというのに。

「西域では、このくらい若い羊はラムと呼ぶらしいね」

「ラム、ですか。おさまりが悪いような気がしますね……ラムラムなど、いかがでしょう？」

　なんとなく、言葉をくり返したほうが、かわいい。

「ラムラム」

　青楓は羊の名を呼びながら、頭もなでてみる。「めぇぇぇぇ」と、ラムラムは鳴き声をあげた。

「わたし、丸焼きがいいと思う」

　金恵妃がにこやかに提案する。青楓は「はい、そうしましょう」と言いかけて、

「え？」と、首を傾げた。

　焼く……？

「お言葉ながら、口をはさませてもらってもよろしいでしょうか……桃花は、煮込みが好

きにございます」

　桃花も、一生懸命に主張をはじめた。

「え？」

　青楓は、ふたたび聞き返してしまった。

　この二人は、なにを言っているのだろう。

「いや、丸焼きが一番美味しい」

「に、煮込みにございます！　娘娘は、普段から煮込みや粥がお好きなのです！」

　丸焼き？　煮込み？　なんの話なのか、思考が結びつかない。これは、どういう議論をしているのだろう。

「ふむ。羊を食べるのかえ？」

　二人のやりとりについていけないのは、呉華妃もおなじだったらしい。よかった。青楓だけが取り残されたわけではなかった。

「そう、呉華妃。金国で、羊はご馳走。毛や皮は衣服となり、肉は血の一滴も無駄にせず食べられる。これは金国の伝統だよ。まかせて。小刀があれば、一匹きれいに捌いてみせるから。丸焼きが不服なら、まるごと蒸すのは、どう？」

「蒸し焼！　桃花、蒸し焼きも好きでございます！　あ、娘娘は、どうですか？」

　金恵妃は自慢げに胸を張った。うしろで、桃花も「娘娘がお望みなら、この桃花も羊を捌いて料理いたします！」と言いそうだった。

「ま、待ってください……この羊は、呉華妃が飼っているものです。呉華妃のまえで、焼くとか煮込むとか、あまり……」

「羊の蒸し焼き、妾も食べてみたーい！　さぞ、美味な珍味なのだろうな？」

「想定外！　想定外です！」

青楓はさすがにあせった。まさか、金国の民にとって、羊が食用だと思っていなかった。書物には、「羊を飼う」としかなかったのだ。羊の毛が糸になることは知っていたので、体毛を採取するために飼っているとばかり思っていた。

たしかに、彼らがよく食べる肉料理はなんの肉か疑問であったが……。

書物は有用だが、万能ではない。とくに金国は遊牧文化で、書物になっていない事柄が多い。資料あつめに苦労したのを思い出す。整合性の検証の必要を青楓は改めて痛感した。むしろ、なぜ、いままで桃花に聞かなかったのだろう。

青楓は羊の顔を見つめる。

白い体毛に対して、顔は黒い。おそらく、皮膚が黒いのだろう。つぶらな双眸《そうぼう》で、こちらを見ていた。

意思があるのだろうか。両の目がうるんでいる。心なしか、賢そうな面構えだ。こちらの言葉を理解していると直感した。

「めえええぇぇ」

鳴き声が「タスケテ」に聞こえてきた。これは幻聴だ。

第一、飼い主である呉華妃が「食べてみたーい！」と言っている。もうこの羊は食べられる運命なのだ。あとは、調理法を決めるだけ。

「わたしが捌くよ。小刀を持ってきて」

金恵妃が侍女たちに声をかけている。

「しかし、金恵妃……」

侍女たちも戸惑っているようだ。あたりまえである。後宮の頂点たる四妃が、「自ら羊を捌く」と言っているのだから。

「そのお召しものは、大家からいただいた織物でございます。お召しかえを準備してまいりますね」

「ありがとう」

「そちらですか。そちらの心配なのですね！」

青楓は思わず、声をあげる。

ラムラムが青楓のことを、じっと見つめる。鳴き声はなく、自分の運命を悟ったように静かだった。覚悟はしている。そんな気概が見えた。

「う……」

百歩譲って、羊は食料だ。金恵妃や桃花の反応を見るに、美味だろう。

だが、ここは後宮。いけ好かない男だが、皇帝の庭だ。殺生はいかがなものか。

そうだ。殺生はいけない。

もしも、羊を殺して、後宮が呪われたら終わりだ。青楓は安全に、創作活動をしたいのである。呪われた後宮など、ごめんだ。羊の呪いで皇帝に死なれるのもこまる。それは非常にこまる。

どんな些細な要因も、取り除かねば。

一瞬、この羊を使って、呪術が成立すれば、趙華妃の呪いについても、なにかわかるかもしれない……と、思いもしたが、代償があまりに大きい。第一、数日考えたが、やはり、呪いの立証はむずかしい。成功しても、根拠にはなりえない。

「呉華妃」

「なんじゃ？　翔妃も蒸し焼きでいいかえ？」

「そうではございません……この羊、私、ほしくなりました」

「そうか。では、食べようではないか！」

「い、いえ。ちがいます……まるのままでございます。肉も骨も血の一滴さえも、すべて、私が独り占めしとうございます！」

不思議そうな顔の呉華妃。

桃花や金恵妃もおなじ顔をしていた。

「ですから、今日食べるのはやめましょう」

茶会の席が、しんと静まった。

いやな静寂である。みんな、青楓の提案に否定的なのだと伝わった。だれもが、羊の蒸し焼きを楽しみにしていたのだから。

　金恵妃はとくに不満そうだった。

「え……翔妃――」

「そうか、よいぞ。翔妃に、この羊、ラムラムをゆずろう！」

　金恵妃の抗議をさえぎったのは、呉華妃だった。

　幼い妃嬪は丸い頬に笑みを描きながら、腕組みをした。胸をはって、誇らしげである。

　ラムラムは、呉華妃の所有物だ。彼女が青楓に譲渡すると言えば、それは青楓のものであった。あとは、ゆずり受ける青楓が決めること。

「翔妃が、やっと妾の施しを受ける気になったのだからな！」

　呉華妃は満足そうだ。羊を食べるよりも、青楓に「なにかを授ける」ほうが、彼女にとってはうれしいらしい。

「翔妃は、妾からなにも受けとってはくれぬからな。妾のことを、嫌いなのかと思ったぞ」

「嫌い、ですか？　私、呉華妃にそのような感情は抱いておりませんが」

　どうして、そう思わせていたのだろう。青楓は呉華妃を語彙力が貧相で不憫な子供だと思っているが、嫌いではない。むしろ、これから書物を好きになってくれそうな優良な素材だと期待している。

　こういうお金持ちが文化に貢献すれば、作家の身分も幾分かあがるだろう。やはり、貸本屋からの報酬だけでは暮らしていけないと聞く。売れっ子作家には、たいてい支援者がいるのだ。将来的に、呉華妃は青楓の創作を支えるかもしれない。

「だって、妾のまわりにいる者は、必ず金品を強請《ねだ》るぞ。ほしいものを与えるのが、妾の役目じゃ。金の切れ目が縁の切れ目と、父上もいつも言っておった」

呉華妃の目は真剣だった。

純粋で、無垢で、無知。

彼女には見えていないのだ。

呉華妃の背後に立つ侍女たちが、彼女の言葉に動揺しているのが。おそらく、彼女たちは呉華妃からなにかを受けとっているのだろう。そして、呉華妃は周囲の者を疑っていない。

呉華妃の暮らしはお金で成り立っている。好きなものを買い、好きに過ごしていた。周囲の人間もそうだ。呉華妃を慕っているように見える者は、実際のところ、お金を慕っているのかもしれない。

「さみしい人」

「え？」

つい、言葉がこぼれた。

「呉華妃。お金で切れるような縁は、縁とは言いません。それは契約と呼ぶのです」

「契約？」

「金銭の授受で成り立つ関係です。みなさま、お金が目的なのですよ」

「なるほど！　じゃあ、妾はもっと与えればよいのだな！」

もうこれは、価値観の問題だ。呉華妃は微塵《みじん》も自分の考えを疑っていなかった。

しかし、彼女は素直だ。話が通じない蘭麗妃とは、ちがう人種だと、青楓は思っている。

「では、お金がなくなれば、どうなりますか？」

「え？」

「呉氏が、もしも、没落してしまったとき……あなた様のそばに残る人間は、いるのでしょうか？」

呉華妃が急に眉を寄せる。「むずかしい話だ」と思っていそうだった。想像もしなかったのだろう。

「私、侍女の桃花には、はずかしながら後宮へ入るまで給金を払えておりませんでした。それでも、桃花は、ずっと私を支えてくれたのです」

「なぜじゃ？　どうして？」

呉華妃は訝《いぶか》しげに桃花を凝視した。桃花はたじろいでいたが、青楓はかまわずつづける。

「桃花は私の家族にございます。彼女は、このさきも、私のそばにいてくれると確信しています。主従などともうしておりますが……私はそうは思っていません。何物にも代えがたい友のような——私の片割れです」

目配せすると、桃花はうれしそうに、「はい。娘娘に死ぬまで、おともします！」と返してくれた。

呉華妃は不安そうに眉をさげる。幼い妃は、なにも言うことができないまま、うしろにひかえた侍女たちを見遣った。

侍女たちは、口々に「みな、呉華妃にお仕えしますよ!」と訴えている。だが、だれともしっかり目があわなかった。

「……父上が……呉家が没落するなど、ありえぬ。だから、いいのじゃ」

「そうですね。呉氏は隆盛を極めた豪商。賢くて、手堅い商売を行っているので、私も大丈夫だと思いますよ。少なくとも、現当主がご存命のうちは、安泰でしょうね」

呉氏は手堅い。庶民の出身だが、一代で豪商へと登りつめたやり手であった。戦争で利益を得ていたが、紅劉が和平を結ぶと発表すると、まっさきに手を引いている。引き際も、わきまえているのだ。娘を後宮に入れたのも、地位を盤石《ばんじゃく》にするため。

しかし、その娘は自分が父親の道具として、後宮に入れられたとは思っていない。さみしさは、すべてお金で解決している。それが亀華宮の珍獣園につながっているのかもしれない。

かわいそうな人だ。

青楓は優しく手をさしのべる。

「私は呉華妃とも、お金によらない関係を築ければいいと思っていますよ……かわいそうなので、羊はもらっておきますけれど、他はいりません」

　呉華妃は大きな両目を見開く。

「書庫もいらぬのか？　書物がほしいのではないのかえ？」

「書物はほしいですが、呉華妃は、まずご自分のために買うべきです。語彙が貧相ですからね」

「ぐ……また貧相などと！　では、獣はどうじゃ。象を気に入っておったであろう？　羊と一緒に飼わぬか？　鰐は？」

「あんなに餌を食べられては、私の給金では飼えません。ときどき、触りに行ってもいいでしょうか？」

「む。そうか。そうだな……そのほうが、亀華宮に来てもらえるか……では、仕方がない。特別に、ゆるすぞ！」

　呉華妃は青楓のほうへ身を乗り出す。仔狗のようで、愛嬌がある。思わず、頭をなでてしまった。すると、呉華妃はとまどいながらも、目を細めて表情をとろけさせていく。

「もう……さみしい。わたしには、おなじようにしてくれないんだね？」

　青楓と呉華妃の様子を見て、金恵妃が頬杖をついていた。本気で嫉妬しているというよりも、仲間はずれにされた「嫌み」のような雰囲気だ。

「わたしも、呉華妃や翔妃と仲よくしたいな……羊は食べられなくなってしまったし……甜点心《おやつ》を食べない？」

「もうしわけありません」

金恵妃が侍女たちに、茶請けの菓子を出すよう要求している。

青楓は何気なく、東屋の外へ視線を移す。

「どうかしたの？」

気がついたことがあり、青楓は席を立ちあがった。

東屋からは鶴恵宮の庭がよく見える。その一角に、気になるものがあった。

「畑ですか……？」

鶴恵宮の庭園は、季節の花が咲き乱れる花畑であった。細い道が通っており、左右を花に囲まれて歩くことができる。

後宮には、池や小屋を配置して豪華に見せる庭が多い中、素朴な印象を受けた。もっとも、花の手入れを考えると、充分に手間がかかっているのだが。

そんな庭のすみに見えるのは、畑だ。

畝《うね》があり、野菜の育つ畑であった。周りを飾るように、赤い花が植えてあるが、不自然だ。

四妃たる金恵妃の庭には、いささか不相応である。花畑の庭という概念には似合わないと感じた。

「ああ、あれ。食べられると聞いて」

金恵妃は畑を一瞥しただけで、何気なく答える。

「祖国では、育てたことがなかったから……ためしに植えてみた」

金国の民は遊牧民族である。都を定めず、王族ですら一つの土地に住まないらしい。畑を作る習慣などない。

「朱国は、文化がまったくちがうから。少しでも理解したくて」

「ご自分で育てていらっしゃるのですか？」

「うん、そう。いろいろ、教えてもらいながら……でも、その侍女も先日、実家の都合でやめてしまって。勝手がわからなくて、こまってる」

青楓が見たところ、野菜はすくすくと育っていた。だが、収穫時期を逃してしまっているものもある。大きくなり、傷がついていた。指導していた侍女がいなくなったためだろう。

「異国の地で不安でしょうに、よい心がけだと思います」

「ありがとう。わたしは、わたしのつとめを果たすだけ」

金恵妃のつとめは、金国と朱国の平和維持だ。

そのために朱国へ嫁ぎ、後宮に入った。祖国からの侍女は一人だけだと聞いている。つまり、ほとんど単身であった。それが条件であったとはいえ、異国の地では不安だろう。

いずれは、子を産んで、両国の平和の象徴となる必要がある。紅劉もそれを望むから、金恵妃を寵愛するのだと考えられる。

いまなら、なんとなく理解できる。

紅劉は公私を区別する人間だ。

自分を公の存在と認識したうえで、周囲にもそう在ることを望んでいる。彼が個人的に金恵妃を寵愛しているとは、考えられなかった。

以前の茶会で、金恵妃は自分のことを、不要になればまっさきに殺される捕虜だと揶揄していた。おそらく、その評価はまちがっていない。

めまいがするほど、真っ黒だ。後宮《ここ》には、甘い色恋などない。利害と陰謀だけがある。後宮など、出世しなければ、暇でなにもすることがないと思っていたが――中枢に近づくほど、そうではないと知る。

だからこそ、青楓は抜け出したい。一刻も早く、このわずらわしい環境から逃げ、安全で平和な創作環境を取り戻すのだ。

「金恵妃、厨房を貸していただけますか？　羊の埋めあわせをいたします」

二

「ほお……！　これは、すごい」

「あら、本当」

茶会の几に並んだ品々を、呉華妃と金恵妃がのぞきこんだ。

青楓は手にした最後の蒸籠《セイロ》を置いた。

「畑の野菜で作りました。お口にあうか、わかりませんが」

厨房を借りて青楓が作ったのは、野菜をたっぷり使った包子、つまり、菜包《ツァイパオ》だった。青野菜を細かく刻み、ふっくらした生地で包んで蒸した。野菜の蒸し餃子もある。

妃嬪の料理は基本的に中央で調理されるが、何人もの毒味を経て、運んでいるあいだに量が減り、すっかり冷めてしまう。

よって、「美味しい料理を食べたい」場合は、各宮の厨房で調理する。本来は、冷めた料理をあたためる用途だったらしい。

無論、毒味が少なくなるため、毒殺の危険性が高まった。

美食か危険か。天秤にかけなければならない。

「せっかく、金恵妃が野菜を育てたのです。美味しく食べられたら、なおのこといいと思いまして」

早く食べたいと手を伸ばす呉華妃を制して、まずは毒味の侍女が食べた。そのあとで、妃嬪たちが口をつける。

「すごい……料理人みたい。野菜だけなのに、こんなに美味しい。歯ごたえが、とてもいい……翔妃は、料理が得意なんだね」

「？　いいえ？　私、料理は初めてです」

「え」

金恵妃は食べかけの菜包と青楓の顔を見比べた。そんなにおどろくところだろうか。

「教本どおりですよ。そんなにむずかしくは、ないはずです。野菜を刻むのは、桃花に手伝ってもらいましたが」

「え。でも、とてもきれい……簡単には、できないと思うけど」

「そうでしょうか？」

そのようにほめられるとは、思っていなかった。青楓にとっては、あまり役立たない技能である。いくら包子を包むのが上手くても、文章では表現できない。

「すごい！　美味しい！　翔妃よ、妾が宮へ来るのじゃ！　毎日、この菜包を作るのだ！」

呉華妃まで、興奮していた。口いっぱいに菜包を頰張っている。あわてているせいか、喉につまりかけていた。

「まあ……料理を生業とする気はございませんが、作中で食事をする場面もあります。今回は役立ちました。日常の描写があるからこそ、活劇が引き立ちます。悲劇も、より悲劇的になるでしょう。主人公が料理を作る場面があることで、いっそう人間味が増しますから。なにごとも、経験と実践が大事。それらがあるからこそ、際立つものもあるのです。臨場感がなければ、うすっぺらくなってしまいます。私が目指すのは莫迦莫迦しい大衆小説ではなく、重厚で濃密な文学。ありがとうございます。この青楓、精進いたします」

日常描写も、しっかり書かなくては。あとで、五十頁分の加筆をしておくか。

「さすがは、娘娘。桃花には、小説はわかりませんが、すばらしい心構えです」

反省を述べると、桃花が同調してくれる。やはり、彼女は青楓にとって、一番の理解者だ。

青楓は自分の菜包を一口ふくむ。甘みのある菜包は、ふっくらと、そして、もっちりとした歯ごたえだ。細かく刻んだ青菜の食感がおもしろい。肉は一切使っていないが、野菜から出た水分が肉汁のようであった。これは、自画自賛してもいいだろう。

やはり、宮での作りたてはいい。断面から立ちのぼる湯気に、心も和む。美味しいものを食べると、会話もはずむのだ。

「呉華妃、食べすぎ」

「早い者勝ちじゃ」

青楓の話を聞いているのか、いないのか。二人の妃嬪は、蒸し餃子の奪いあいをしていた。青楓が自分で食べる分は、残らなそうである。

悪い気はしない。なにせ、ほめられている。

「ところで、金恵妃」

「なに、青楓？」

いつのまにか、「翔妃」ではなく「青楓」と呼ばれていた。なつかれたものだと、青楓は思わず頬がゆるむ。

「畑の指導をしていた侍女の名前が知りたいのですが」

「え？　ああ……ええっと、楚子君《そしくん》だよ。武家の娘だと聞いているけれど、実家の都合で帰ってしまった」

「楚氏、ですか……なるほど。わかりました」

その名前を聞き、青楓は微笑んだ。

「あと、もう一つ。畑の周囲に植えてある赤い花も、楚子君が植えたのですか？」

「たしか……そうだったと思う。きれいだよね。朱国でも、めずらしい花だと言っていたよ」

青楓に問われて、金恵妃も畑の花をながめていた。

二人の話題が花に移ったものだから、呉華妃もつられて見ている。

「なにかあるのかえ？　あの花がほしいなら、妾がいっぱい買ってやるぞ？」

「ですから、呉華妃。そのような施しは必要ありません。それに……あんなもの、たくさん持っていたくありません」

「ぐ……すまぬ。つい、くせで……こら、青楓。なぜ、そのような顔で笑っておる。妾がおかしいのかえ？」

いつのまにか、笑っていたようだ。

呉華妃に指摘され、青楓は表情を改める。

「いえ、もうしわけありません……疑問が解けましたので、つい」

もう少し整理する必要はありそうだが。

大筋は読めた。

これならば、すべての点がつながる。

二人の妃嬪が不思議そうにする中、青楓だけが晴れやかな面持ちであった。

三

「なんだ、これは？」

紅劉はあきれた声で、開口一番そう言った。

「ラムラムといいます。呉華妃からいただいた羊です」

青楓はとくに気にせず、几に向かう。かたわらに、ラムラムがすり寄ってきたので、体毛をなでた。もふりとしていて、とてもあたたかい。あとで、思いっきり抱きしめよう。いらない紙を食べてくれるので、部屋も散らからずにすんで助かっている。

「いや、どうして、その毛玉のような獣が部屋の中にいるのだと、聞いている」

「放すと、庭の花を食べてしまいますので。草だけを食べてくれればいいのですが、教育が必要のようです。しかし、羊の調教を書いた書物があるのか不安で……」

「ないだろう、そいつは非常食じゃないのか？」

「ちがいます。愛玩用です！」

紅劉まで、羊を食料だと認識しているようだ。

「おまえは、文字にしか興味がないと思ったが」

「失礼です。私だって、かわいいものを愛でる心くらいあります。あと、紙と墨も好きです」

　青楓はラムラムの背をなでる。本当に雲のようにふわふわだ。この毛を刈って作る衣服は、さぞ気持ちがいいだろう。自然と、顔がゆるむ。

「おもしろくない」

　紅劉は不満そうに、ラムラムを睨んで腕組みしている。まるで、呉華妃のような仕草だ。この男は、こういう顔もするのか。

「だいたい、おまえはどうして、そんなに書物が好きなのだ」

「書物が好き、というのは語弊があります。私は小説が好きなのです。すべては、そのための知識にございますよ」

「おまえほどの才があれば、女であっても官吏になれるだろうに。試験を受ける気はなかったのか？」

「いいえ、まったく。興味ありませんもの……官吏になどなってしまったら、小説を書く時間がなくなるではありませんか。忙しさで殺す気ですか？」

「どうして、小説を中心に考えてしまうのだ。才色兼備がもったいない……自覚はないのか？」

「それが、私のすべてだからです」

　青楓には、ごくあたりまえのことだった。

「美は枯れますが、智は財産でございます。これは、私の母の教えでもあるのですが」

青楓には、たいそう美人な伯母がいた。貧乏貴族の家系であったが、見目の美しさだけで良家に嫁いだという。

けれども、伯母には、それ以外なにもなかった。美しいだけの女など、あきられるのも早い。夫となった男は、すぐに愛人を作って伯母をないがしろにしたらしい。

「母は、そのような伯母の境遇を見て嘆いておりました。そして、私に教養を施したのです。少ない財産を使って、貸本屋に連れて行きました。そこで、多くの書物に触れさせていただいたのです」

「いい母親じゃないか」

「はい……しかし、幼い時分の私は、愚かだったのです。当初、まったく字に興味が持てませんでした」

書物を読むには、体力がいる。それは、文字に入り浸るいまだって同じだ。苦労のさきにこそ、財産たる智がある真理を、幼い青楓は理解していなかった。先帝の時代は、いまほど貸本屋も多くなかったのに。母の教えのありがたさを、わからなかった青楓は本当に愚かだ。

「そんな私に母が勧めてくれたのが、小説でした……そこには、夢に満ちるような物語がつまっていたのです。だれかの体験を、まるで、自分のことのように共有できる。家にいながら、冒険ができたのです」

それから、青楓は小説を読みあさった。さらには、わからない知識を書物で補完するようになる。そのための読書は苦痛ではなかったのだ。

青楓の頭は知識で満たされていった。そのたびに、うれしくなったのだ。

「このように、知識を享受できるのは、ひとえに朱国の豊かさゆえ。だから、私は朱国に貢献したいのです。この豊かな国を、もっとうるおしたい。私は作家になり、朱国の文化に人生をささげるのです」

「どうして、その方向に進んでしまったのだ。貢献したいなら、なおさら、官吏にしたいぞ。俺が推薦するぞ。優遇してやる！」

「い・や・で・す！　死ぬまで働かされるなら、私は文化に貢献したいのです」

「俺には死ぬまで馬車馬のように働けと、言っていたよな？」

「だって、皇帝陛下ですもの。しょうがないですよね。下級貴族の私とはお立場がちがいますもの。その血筋に生まれたのが、運の尽きでございましょう？」

「……おまえのその、俺への雑なあつかい……心底すがすがしくて、本当に好ましいぞ……」

「だから、その言い方ですと、被虐趣味があるように聞こえてしまいますよ」

「誤解だ。俺は……その……こういうあつかいをする人間には、慣れていないだけだ。新鮮で興味深い。それだけだ」

紅劉は言いにくそうに、視線をそらしていた。

「武官として育ったのですから、厳しい鍛錬もなさったでしょうに。自分が皇族と知らないまま育ったのでは？　そう、聞いていますが」

「それとこれとは、そもそもちがう。あと……俺は、最初から自分の素性など知っていたよ。帝位を獲らせるために、育てられたからな」

「なるほど。やはり、巷で流布されている生い立ちは、出鱈目でしたか。参考になります」

　つまり、紅劉は青楓から受けるような「雑なあつかい」が初めてなのだ。葦姓を名乗る武官でありながら、皇族としてあつかわれてきた。育った環境が特殊で、まったく共感できない。しかし、本人の言うとおり、青楓を「新鮮だ」と思う気持ちを理解することはできる。

　まあ、どうでもいい。

　それよりも、今日は報告する事柄がある。

「まあ……では、そろそろご報告を」

「おい。また雑に流しやがって」

　青楓は無視して、几に丸めてあった紙を広げる。

　自作した後宮の見取り図だ。

「また細かくなっている……」

「日々の努力です」

　青楓は無感情のまま、鶴恵宮の庭を指さした。

そこは金恵妃の部屋と隣接する——金恵妃専用の庭であった。昼間、東屋で茶会を開いた場所だ。

「刺客の侵入経路を、ずっと、考えていましたが……ここが、あやしいのではないかと」

他の妃嬪の庭園は、高い塀で囲まれていた。対して、金恵妃の庭には、一部、生け垣が存在する。そのむこうは皇城だ。警備がゆるいとは言いがたいが、後宮に出入りするには、ここが一番ではないかと思われた。

「……そこは関係ない。皇城のほうが警備は強いはずだろう？」

だが、紅劉は青楓の推測を一蹴した。またなにかをかくしている素振りだ。目をあわせてくれなかった。

「では、べつのだれかが出入りするため……ですね？」

「なにが言いたい。おまえは、報告があると言った。だれが憶測を語れと言ったのだ？」

かくせていないが、答える気はないようだ。

紅劉は、この侵入経路がだれのためのものか知っている。そして、青楓に教える気はないようだ。だが、少なくとも、刺客の侵入口ではない。そうなると、目的は……。

「わかりました。べつの報告をしましょう」

青楓はため息を一つ。几の引き出しを開ける。

ひと房の植物を、紅劉のまえに置いた。

「こちらは、金恵妃の畑で見つけた植物です」

「花……？」

紅劉が目を細めた。おもむろに、指先で触れようとする。

華奢な茎の先に赤い花をつけており、見目は美しい。

「毒です」

「これが？」

「こちらは芥子《けし》と言い、まだ朱国では広まっていない西域の花です」

芥子の実から出る乳液をあつめて乾燥させると、阿片《あへん》という毒になる。

鎮痛作用があり、治療に使用される薬だが、大量に摂取すると、呼吸困難や昏睡状態を引き起こして死に至る毒でもある。

毒にも薬にもなる花だった。

「趙華妃を死に至らしめたのは、呪詛ではなく、阿片ではないかと考えられます」

青楓が断言すると、紅劉は顔をしかめた。

「だが、趙華妃は日に日にやつれて人格が変わっていったのだぞ。急に死んだなら、さすがにだれもが毒殺だと気づくはずだが」

「阿片には、日常的に吸煙することで生じる中毒症状がございます。これは、非常に常用性が強い麻薬なのですよ。吸煙しつづけることによって、不眠や食欲減退、手足の震え、幻覚症状などをきたします。趙華妃のご様子に、このような変化はございませんでしたか？　彼女には、喫煙の習慣があったのでは？」

問われて、紅劉は目を泳がせた。

「……おまえの言うとおりだ。趙華妃は煙草が好きだったし、いつも変わったにおいがしていた。徐々に食欲が落ちて……幻覚も見ていた」

青楓が伝え聞いているよりも、紅劉は趙華妃について多くのことを知っている。思い当たる節があったのだろう。心なしか、顔色が悪く感じた。

当然だ。紅劉は青楓の述べた変化に気づいていながら、趙華妃が毒に蝕まれて死んでいく様を見ていたのだから。無知とは、残酷だ。

だが、紅劉の様子は思ったよりも、冷静だった。

「まだ国内には、あまり入っていない毒です。私も実物を見るのは初めてでした。早めに規制するのがよろしいかと」

「わかっている」

こんな毒が蔓延すれば、国が滅ぶ。

阿片は毒であるが、吸煙すると一時的に快楽を得られる。愛煙家であった趙華妃は、これを毒とは知らず吸煙していたのだろう。とくに、紅劉の治世に入って、西域文化の品が活発に流入している。めずらしい嗜好品は貴族の間では、好まれていた。

異文化との交流が活発になる際の弊害だ。

そうやって、内側から毒物に浸食され、滅ぶ国だってある。

「この毒物を後宮内に持ち込んだ人物がいます」

阿片を趙華妃に吸わせた人物だ。

「この芥子は、金恵妃の庭にありました。でも、不思議です。あの程度の量の芥子では、日常的に吸煙するほどの阿片は精製できません」

紅劉は青楓に金恵妃を探れと命じていた。

そして、呪詛に準ずる毒物が出てきたわけだ。その結果を淡々と告げる。

「それで？」

つづきをうながされ、青楓は芥子に触れた。

「調べることを推奨する人物がおります」

「だれだ」

「先日まで、金恵妃に仕えていた楚子君という侍女。そして、兄に当たる楚玖鷗《そくおう》という人物です。私が調べうる範囲では、噂話しかありませんでしたので――資料、もしくは、大家自らの記憶をお聞きしとうございます」

紅劉の表情がくもった。

直感的に、これは「当たりを引いた」と感じる。

青楓はわざとらしく、恭しい抱拳礼をした。

「つまらぬ憶測を語っても、よろしいでしょうか？」

＊　＊　＊

蘭麗妃の住む雀麗宮で、毒味役の侍女が死んだ報せは、数日もせぬうちに舞い込んだのだった。

第五幕　後宮の華手折る

一

朝儀では、後宮の妃嬪たちが一堂に会する。

当然、女性があつまれば雑談——ありていに言えば、噂話や陰口の類もはかどるものだ。

本日の朝儀で話題をさらったのは、昨夜の蘭麗妃毒殺未遂だろう。だれもが、声をひそめて憶測を語りあっていた。

それは我が身にふりかかるかもしれない恐怖というよりは、他人事だ。どこか遠くの地で起こっている出来事のような語り草であると、青楓は感じた。

「やはり、蘭麗妃は、今日の朝儀は休んでいらっしゃるわね」

「無理もありませんよ……この中に、毒殺の首謀者がいるやもしれませんもの」

「本当に毒殺なのでしょうか？　もしかすると、呪詛の類かも……ほら、例の許嫁の件もあります」

「毒でまちがいないそうよ。阿片という、めずらしい毒だとか」

「向こうで聞いた話ですが……その毒で、趙華妃も殺されたという話も」

「趙華妃は呪詛ではなかったの……？」

「それよりも、やはりあやしいのは──」

妃嬪たちの会話を横でながしながら、青楓は思案する。

蘭麗妃は武官の出身で誇り高い。だれよりも、妥協をゆるさぬ厳しい女性であった。金国との戦時中は朱国の兵部の中枢を担っていた蘭氏の娘だ。

毒殺が怖くて、朝儀を休むだろうか、と。

むしろ、毒殺の首謀者に、健在である自分の姿を見せつけて挑発する人種ではないかと思った。

だが、蘭麗妃には皇子がいる。我が子の安全を考えて、おとなしくするのも筋がとおった。もしくは、周りがそうさせているのかもしれない。

毒殺の首謀者として、妃嬪たちが好き勝手にさえずっているのは、金恵妃である。

金恵妃は皇帝の寵妃でありながら、子を授かっていない。蘭麗妃もあのような性格で、異民族である金恵妃を誹《そし》りつづけてきていた。

金恵妃がなにもせずとも、周囲は勝手に二人は対立関係にあると思っている。いや、対立関係なのである。

欠席した蘭麗妃の一方で、無責任な噂話の対象になるとわかっているはずだが、金恵妃は朝儀に出席していた。むしろ、そうなるからこそ、だろう。

おまけに、どこからか、阿片の話まで出ている。だが、その話の出どころは、青楓にとっては明白であった。

故意にながした人物がいるのだ。

後宮の生活って、難儀ですよね……。

青楓は完全に他人事で、ため息をつく。結局、他人のことは自分事にはならないのだ。

だれだって、自分の目的で動いている。

青楓だって、自己中心的なのだ。

身近ではないだれかのために身をささげる人間など、そういない。必ず、中心には自分がいる。

「最初から、金恵妃があやしかったのですわ。聞いた話によると、金国の人間が雀麗宮を襲ったとか……怖い」

噂話の中に、青楓は引っかかりをおぼえる。囁いているのは、鶯貴宮の妃嬪たちだ。

まえにも、同じ情報を燕貴妃が漏らしていた。これは、関係者しか知らない話だ。鶯貴宮の妃嬪や燕貴妃が得るはずのない情報だった。

これは、いつのまにか知れていた阿片の話とは、べつの出所だろう。

青楓は鶯貴宮の妃嬪たちの間を縫い、燕貴妃を探す。いちおう、確かめておくべきだ。

「燕貴妃」

四妃は非常に目立つ。青楓は、すぐに燕貴妃を見つけた。

後宮随一の美女と呼ばれる妃嬪は、胸焼けしそうな色香をまいて立っている。しかし、青楓の顔を見るなり、露骨に嫌悪を示した。やはり、嫌われているらしい。

「なんですの？」

「確認したいことがございます」

青楓は不遜な態度をとっている自覚がありながら、強い語調で問う。

「燕貴妃は蔡倫という男をご存じでしょうか？」

「え」

青楓が問いかけた瞬間、燕貴妃から表情が抜け落ちる。不意を突かれて、無防備な感情をあらわにしてしまった、という顔だった。

「私の知人なのですが、雀麗宮の池を使用して少々特殊な商売をしておりまして」

「は、はあ……？　わ、わたくしが、そのような元宦官を知るわけが……」

「蔡倫が宦官だったとは、私、言っておりませんが？」

「あ……」

青楓は自分の推測が正しかったと確信する。

「蔡倫は後宮内の妃向けに物品を売る商売をしております。商売相手の名前については、守秘義務で伏せられてしまいましたが、とくに、官能小説が売れているそうです……もしかすると、燕貴妃は大家との情事にご満足できず、そのような小説を愛読しているのではないかと――」

「い、言いがかりです！　なんの根拠があって、そんな……」

「根拠ならありますが、この場で言うと燕貴妃のお立場を悪くすると思いまして」

周囲の妃嬪たちが、すでに二人の会話に興味深そうに聞き耳を立てていた。ここで青楓の推理を述べると、燕貴妃にいらぬ迷惑がかかるかもしれない。

「もう、充分に迷惑ですわ！」

燕貴妃は顔を真っ赤にして叫び、うずくまってしまった。べつに、官能小説を読んでいるからと言って、はずかしい話でもないだろうに。青楓はあまり読まないが、一定の需要があり、人気なのは知っている。

燕貴妃が雀麗宮の襲撃を知っていたのが青楓には、引っかかっていた。

けれども、その場に居合わせていたなら、話はべつだ。

蔡倫は他にも後宮の妃嬪に書物を売っていた。それは、雀麗宮の池を利用する妃嬪が、他にもいたということだ。燕貴妃、もしくは、その使いがあの場におり、直接、襲撃事件を見ていてもおかしくはない。

事件を見ていたのが知れると、燕貴妃も青楓とおなじような危険にさらされかねない。青楓は、そのあたりを注意して伏せたつもりだ。燕貴妃を好きというわけではないが、恨みもない。

「では、確認できたので、私はこれで失礼します」

「ちょっと！　待ちなさいよ！」

些細な疑問を解決できて、青楓は満足であった。

燕貴妃本人は不服そうだが……いままで、黙っていた情報を、ここぞという時機に噂として流し、金恵妃の立場を悪くしようとしたのだ。ちょっとした報いだと思ってほしい。

ここは後宮で、蹴落としあいなど日常茶飯事なのだから。

そして、もう一人、この機に阿片の噂を故意に広めた人物がいる。

それについても、青楓は確信を持っていた。


朝儀を終え、妃嬪たちが自分の宮へ帰って行く。青楓もいつもなら、鶴恵宮の個室へそそくさと退散するところだ。

しかし、この日はまっすぐに、べつの方向に足を進める。

「どうしたの？　青楓」

むかってくる青楓へ、さきに声をかけたのは——金恵妃だった。先日の茶会から、呼び方が「翔妃」から「青楓」に変わっている。

もう朝儀は終わったとはいえ、まだ公の場だ。あまり、名で呼ぶのは好ましくないと思うが、関係ないらしい。金恵妃は少々、奔放なところがある。

「金恵妃、お話が。本日、お部屋にうかがってもよろしいでしょうか？」

「青楓から誘ってくれるなんて、うれしい。でも、ごめんなさい……今日は、蘭麗妃から雀麗宮にお誘いを受けてる」

「蘭麗妃から？　今日、ですか？」

青楓は思わず顔をしかめる。

なぜ、いま蘭麗妃から金恵妃への誘いがあるのだ。以前からの約束であっても、状況が状況だ。取りやめになってもおかしくない。いや、ふつうは行わないだろう。

青楓は、とっさに金恵妃の手をつかむ。

「金恵妃、いますぐにお話があります。二人きりです。お時間をいただけますか？」

「…………」

青楓の表情が鬼気迫って見えたのか、金恵妃はおどろいているようだった。蓋頭の下で、数瞬考えていた。

「少しなら。来て」

微笑んだ気がする。青楓は安堵すると同時に、気を引きしめた。

「娘娘……」

うしろを歩く桃花が不安そうだった。青楓は金恵妃の顔色をうかがったあと、桃花に向きなおる。

「二人で話します。大丈夫、すぐに戻りますから」

「わかりました……」

青楓は働き者の侍女を部屋へ帰し、進む。

四妃の個室となれば、青楓の部屋とは、くらべものにならないくらい大きい。使える部屋も多かった。

その一室に、金恵妃は青楓を案内する。そして、大勢の侍女たちを退室させ、人払いをした。

「これで、二人。さあ。話って、なに？」

金恵妃はこれからの会話の内容を予想しているのか、していないのか。青楓のほうをふり返った。

青楓は周囲の物音に耳を配り、本当にだれもいないか、たしかめた。

これからの話は、だれにも聞かれないほうがいい。

「金恵妃……まずは、その蓋頭をとっていただけますか？」

青楓は静かに要求した。

金恵妃は動かない。

「とれないのですよね」

あまり待たずに、青楓はつづける。金恵妃の表情が蓋頭の下でゆらぐのを感じた。

「あなたは金恵妃ではないのですから」

「…………」

青楓は息をととのえた。

自分の仮説には自信があったが、一歩まちがえれば大変なことになる。一つひとつ、論理的に仮説を証明しなくてはならない。

「まず、あなたは――」

「そう。知っていたんだ？」

金恵妃が本物ではない根拠を述べようとした瞬間、本人から告白があった。ひどくあっさりとしており、拍子抜けする。

「いつから気づいていたの？」

偽の金恵妃の口調は軽かった。もともと奔放だったが、さらに親密な口調になっている気がする。もしかすると、これがもとの話し方なのかもしれない。声も、いままでより、ずっと低くなった。

「……確信したのは最初に、お茶をご一緒したときです」

「へえ……じゃあ、最初からじゃないか。すごいね、青楓は。どうやって気づいたの？結構、自信があったのに……と言っても、いまはそんなことを話す場合じゃないって顔だけど」

違和感があったのは、初めて姿を見た朝儀だ。

その後、茶会で確信にかわった。

「買いかぶりすぎです」

「いやいや、すごいよ。あいつが寄越すだけはあるよ」

あいつがだれを指すのか。

だが、その答えあわせをしている暇などない。

「買いかぶりついでに、私の話を聞いていただけますか？」

「うん、いいよ」

「雀麗宮へ行くのは、おやめください。これは、罠にございます」

青楓は遠回しにせず、端的に述べた。偽の金恵妃は、黙ったままだ。青楓の口から理由を聞きたいらしい。

「先日、雀麗宮を襲った刺客がいたのはご存じですか」

「うん、まあ。あいつから聞いてる」

「私はその刺客を見ました。金国風の身なりをしておりましたが……武器の形状が、あきらかに朱国のものでした。金国語は訛りがなく、どこかの地方のものというわけではありませんでした。それは中央や上流階級の人間のような。あるいは、私のように朱国の人間がおぼえた金国語のような。あきらかに、金国の仕業に見せかけた偽装でした。少々、お粗末すぎですけどね」

「なるほど」

偽の金恵妃は大しておどろいていないようだ。

「それで、どうして蘭麗妃との茶会をやめなきゃいけないんだい？」

ためすような、いや、挑むような口調だ。

青楓は固唾をのむ。これは、なにか読みちがえているかもしれない。なにかがおかしい。

だが、もうあとには引けない。

「金恵妃の畑にあった野菜ですが。あの周囲に、芥子が植えてありました……野菜の指導をし、選んだのは楚子君という侍女だと言っていましたね。楚氏のご当主は現役の武官です。さらに、蘭氏の腹心でもあります。蘭氏の命で、あなたの畑に毒性のある芥子を植えさせた可能性が高いと思いました。現に、この時機を見て、いまさらになって阿片の話を噂としてながしています。あなたが毒殺しようとしたという偽装です。明日には、畑の芥子の話も広まるかもしれません」

「なるほど。それで、自分で料理したいなんて言ったんだね」

「……はい」

青楓が鶴恵宮で調理を行ったのは、料理をふるまうためではない。あのあいだに、めぼしいところをさぐった。だが、阿片を精製する器具どころか、使用の痕跡すらなかったのだ。

「いまのところ、状況証拠だけです。ですが、蘭麗妃との茶会は得策ではありません。必ず、決定的な証拠を見つけますので、今日のところはおやめになったほうが、よろしいかと」

いまは、まだ足りない。蘭麗妃、いや、蘭氏が首謀しているという決定打がないのだ。それがないと、行動できないと思った。

「私におまかせしてくれませんか?」

危険をおかして、蘭麗妃と会う必要はない。

「あなたは身代わりかもしれません。でも、危険です。なにを仕掛けられるかわかりません。下手をすれば、金恵妃のお立場そのものを悪くします。わざわざ、出向く必要など

「——」

「それは承知のうえだよ」

偽の金恵妃ははっきりと言い切った。まるで、用意していたかのような回答である。いさぎよくて、逃げる素振りがまるでない。

青楓には、返す言葉がなかった。

やはり、なにかを読みちがえている。

なにをまちがえた？

可能性が一瞬で頭をめぐった。

一旦、紙に整理したいが、その猶予はない。

「じゃあ、行くね」

偽の金恵妃は顔をかくしたまま笑った。そこに、どのような感情があるのか、読みとれない。

「青楓。君は、本当にいい人だよ。頭がいいって意味じゃない。とても好ましいと思うよ。ううん、率直に好きだよ」

偽の金恵妃が背を向けた。青楓は引きとめようとするが、その前に侍女を呼ばれてしまった。

「楽しみにしておいて」

その言葉が意味するところが、青楓にはわからなかった。

ただ、自分がなにをまちがえてしまっているのか、その答えあわせで頭がいっぱいだった。

二

金恵妃を雀麗宮へ行かせてはいけない。

青楓は寒気がするような予感にさらされていた。どうしても、楽観視できないのだ。放っておけばいい。金恵妃が罠にはまって陥れられても、青楓には関係がない。そう思う瞬間もあったが、愚かで浅はかな見通しだ。

金恵妃に濡れ衣が着せられれば、ふたたび金国との戦争になる。蘭氏は、それをねらっているにちがいなかった。蘭麗妃の思想は偏っている。和平を機に、皇城での地位を落とした蘭氏の意向も同じだろう。

そうなれば、結んだ和平も無駄になる。

両国の関係が悪化すれば、いま、朱国にいる金国人はどうなる。

桃花だって、自分の出自を偽って生きているのだ。一生、自分の祖国を名乗ることができないかもしれない。

戦争はこまる。とにかく、金がかかる行為だ。国の財源が圧迫されれば、文化が衰退する。人々から、芸術や娯楽の余裕がなくなるのだ。思想の統一がはかられ、書物の規制が強まるかもしれない。

それは青楓が一番望まない展開である。

「碧蓉殿！」

青楓は自分の個室に駆け込んだ。

宦官の碧蓉は、いまは青楓についているが、皇帝直属の部下である。なんとか、紅劉に会わせてもらえないだろうか。

「娘娘？　おかえりなさいませ。碧蓉様なら、用事があるからと皇城へ行かれましたよ」

血相を変えて飛び込んだ青楓に、桃花が答えた。

「そうですか！」

青楓はどうするか、考えをめぐらせる。

「桃花、念のために――」

万一に備えて、青楓は奥の手を桃花に告げる。

これは、あまり使いたくない。だが、仕方がなかった。

「え？　はい……準備いたしますが、なにに使用するのでしょう？」

「それは――小説の実験です。執筆に必要なのです。とにかく、急いで！」

青楓は、思わず言葉を濁す。桃花を連れていくわけには、いかないと思ったからだ。

そして、桃花が用意してくれた品々を懐に仕込んで、個室を出る。

「娘娘……」

桃花の心配そうな声を背中で聞くのは、心が痛んだ。

「めえええぇぇぇ！」

だが、青楓があわただしく部屋を出ると、なぜか、ラムラムがあとを追いかけてきていた。

室内に飽きたので、隙を見て外に出たのだろう。それとも、主である青楓に付き従っているのだろうか。

この羊は、時折、人間の言葉がわかるような動きをする。

「めぇ！　めぇ！」

ラムラムは興奮して鳴いている。鼻息で「ふんっふんっ」と、気合いが入っていた。

これは、どう解釈すればいいのだろう。羊の飼い方についての書物は呉華妃から借りてみたが、こういう仕草については書いていなかった。書物には、なんでも書いているが、わからないことも多い。青楓はここ最近、実践の大切さを痛感するばかりだった。

「めえええぇぇぇ！」

ラムラムは、激しく首をふっていた。青楓はとりあえず落ち着かせて、部屋に戻そうと、首輪をつかむ。

「え？」

暴れる動物の力はすごい。

なにが起こったのか理解する前に、ラムラムは走り出していた。とっさのことで、青楓は首輪を離すことができない。そのまま、引きずられるように数歩走り――やがて、ラムラムの上に乗っていた。

まるで、騎馬だ。いや、騎羊か。

ラムラムは満足そうに、青楓を乗せて走っている。ラムラムが人間の言葉を理解しているかどうかは、些細なことだ。なぜか通じあっているような気がした。こういう経験は初めてである。

「ラムラム……わかりました、おねがいします！」

青楓は乗馬の要領で、ラムラムの首輪をあやつり、好きな方向に転換する。馬にも乗ったことはないが、なにせ、青楓がいま書いている小説は遊牧民族が主役なのである。資料は腐るほど読んだ。そのとおりにすれば、きっと、羊にも乗れる。

「馬をなくした主人公が、羊に乗る展開も悪くありま――痛っ！」

不用意にしゃべったので、舌を噛んでしまった。不覚である。しかし、これで、馬で移動中に会話をする場面には、現実味がないことが証明された。あとで改稿しよう。

とにかく、紅劉に会わなくては。

いまは、まだ皇城で政務にはげんでいるだろう。後宮の妃嬪である青楓が会うには、大変に時間のかかる手続きを踏まなくてはならない。

あとあと面倒だが、この場をなんとかするには、強行突破しかなかった。責任は紅劉にとらせることにしよう。そこを納得させる必要があるが、たぶん、大丈夫。

いざとなれば、「羊に乗っていたら、ここまで来てしまった。助けて」と言えば、ごまかせる……気がした。

鶴恵宮の生け垣になっている庭。あそこからなら、皇城へそのまま乗り込める。羊で乗り越えられるか、わからないけれど……。

「めえぇぇぇ！」

やれる！　と、言いたげにラムラムが雄叫びをあげた。とてもすごい気迫だ。

生け垣が見えてきた。ここから、一気に皇城に乗り込めば――。

「…………!?」

目の前に現れたのは、予測していない事態だった。

青楓は急いで、ラムラムの首輪を手綱のように引いた。ラムラムが走りを止める。

生け垣を向こう側から越えてくる者があったのだ。立派で大きな黒馬にまたがっている。

「あなたは――」

青楓はその人物の顔を確認して、絶句する。

「また会ったわね、翔妃」

馬上の人物は太陽の光を背負って、美しい笑みをたたえていた。

三

あいつはおもしろい人材を選んだものだ。

金恵妃、いや、金恵妃と呼ばれる身代わりが、雀麗宮の庭を進む。

大きくて美しい池がある。水を入れ替える小川は、後宮の外へつづいているようだ。池に架けられた橋を渡ると、雀麗宮の入り口である。そのまま、蘭麗妃の居住区に進めるようになっていた。

けれども、仮にも四妃の宮だというのに、侍女がいない。

四妃の中で、金恵妃の侍女は少ないと言われているが、蘭麗妃はちがう。朱国の名門であり、後宮へ入るときに連れていた侍女も多いはずだ。


――あなたは身代わりかもしれません。しかし、危険です。


自分のことを心配してくれた女性の姿が浮かぶ。

彼女は、とても性根が優しい。

自分では気がついていないようだが、他者を思いやって行動する人間だ。場合によっては、自分の身を擲《なげう》つこともあるだろう。

本人は、絶対に否定するが。

「もったいない」

後宮の妃嬪にしておくには、もったいない。女であることが弊害となるなら、いっそ、男装でもさせればいいのだ。

あるいは――。

「…………」

雀麗宮の橋を渡り、入り口への階段をのぼっていく。清らかな午前の日射しを受けて、雀麗宮は雅に輝いていた。まるで、極楽へつづく階段を進む気分だ。鶴恵宮もすばらしいが、やはり、他の宮は趣がちがう。

扉は開いていた。

金恵妃は、室内まで歩んでいく。

天蓋つきの小さな寝台があった。

美しい色合いの布がいくつも垂れ下がっており、和やかな心持ちにさせられる。花や人形など、赤子向けの飾りつけがしてあった。

ふとのぞきこむと、皇子が寝息を立てている。心地よさそうに、あたたかい布団にくるまっていた。

蘭麗妃の子だ。

つい手を伸ばしそうになるが、不用意に、他の妃嬪が触れてもいい存在ではない。四妃であり、後宮内で権力を争っている立場の金恵妃なら、なおさらだ。

「――――」

寝台から遠ざかろうとした瞬間、右足がなにかを引っかけた。

糸のようなもの？

些細な感触で、普通ならば気にしない。

「!?」

天蓋の布が、揺れ動く。

なにか鋭い光――刃物が見えた。

まっすぐに、赤子の頭にむかって落ちていく。

「これは……やられたな」

純白の敷布に、緋色が散った。

＊　＊　＊

異民族は排するべきだ。

ましてや、後宮の妃であっていいはずがない。

蘭麗妃は、そのときを、息をひそめてうかがっていた。絶好の時機に、出ていくために。

皇子の天蓋に仕掛けをした。糸を切れば、天蓋に仕組まれた皇子に向かって小刀が落ちる。

罠を踏む人間は、もちろん、金恵妃だ。

そのために、だれもいない状況を作っておいた。あとは、仕掛けが発動してから、その現場を蘭麗妃が目撃するだけだ。

単純な絡繰りである。

けれども、実の母親が自分の子を危険にさらすとだれが思うだろうか。そもそも、疑われることなどない。

だれも、金恵妃の言葉など信じはしないだろう。

以前より、念入りに計画していた。

趙華妃に煙草と偽って阿片を渡し、楚子君を使って鶴恵宮に芥子を植えた。機を見て、金恵妃の立場を悪くする情報もながしている。

朱国から、異民族は排さなければならない。あのような妃がいるから、異国民が市井や皇城でも、大きな顔をするのだ。

長年、蘭氏は武官の地位に就いてきた。それは、このような虫を排除するためである。兵部の中枢を担ってきた蘭氏の意向であり、この国のためでもあるのだ。

そして――。

「玖鶯……仇はとるぞ」

蛮族こそが、争いの種なのだ。

排除してしまえば、すべてが終わる。

「蘭麗妃」

ひそみ、部屋の様子をうかがっていた侍女が、そのときであると報せた。

「ご苦労」

蘭麗妃は待っていたとばかりに、口元をかくしていた扇を閉じる。いま、ここへ来たのを装って、なにくわぬ顔で金恵妃がいる部屋へ踏みこんだ。

大きな音を立てて、侍女が扉を開いてくれる。

「待たせたな、金恵妃」

「…………！」

こちらをふり返る金恵妃に、蘭麗妃は一瞬だけ笑みを向けた。傍から見れば、客人を歓迎する表情だ。一方で、心の奥では、勝ち誇った感情であふれていた。

寝台のそばに立つ金恵妃。

腕には、血まみれの赤子が抱かれていた。

そして、その胸には刃が――。

「なんという……！」

蘭麗妃は笑顔を瞬時に怒りに染めあげた。そこには、悲痛な感情を織り交ぜる。

「我が子を返せ！」

叫びながら、蘭麗妃は金恵妃にせまった。

蘭麗妃がつかみかかっている間に、侍女が天蓋の仕掛けを回収することになっている。しかし、金恵妃はかわすように、うしろへさがった。開け放されたままの扉を背に立つ。蓋頭にかくされた表情は見えなかった。

「拒否する」

金恵妃は、血まみれの赤子を抱いたままだ。鮮血がしたたり、金恵妃の薄紅の衣装ばかりではなく、床を点々と染めていく。このような出血量では、赤子は助かるまい。

「その子は、我が子だ！　ああ……ああ……なんてことを……自分に大家との子がおらぬからと言って、愚かな！」

「愚か？」

金恵妃の声は少しも揺れてはいなかった。それどころか、蘭麗妃の感情《演技》を見透かしたような、余裕があった。

「愚かとは……自分のことかな？」

金恵妃が唇の端をつりあげていた。表情がしっかり見える——蓋頭をとり、素顔が晒されているではないか。

目鼻立ちがはっきりとしており、西域を思わせる顔立ちだ。肩にこぼれる灰色の毛や、黄玉のような色合いの瞳が印象的だった。

初めて見る宿敵の顔に、蘭麗妃は息を呑んでしまう。

金恵妃は異国の顔立ちに、妖魔のような艶のある笑みを浮かべる。そして、赤子に刺さっていた刃を抜いた。

盃《さかずき》からこぼれたように、血液が一気に落ちる。

けれども、蘭麗妃は違和感をおぼえた。

赤子が動いている。手足を曲げ伸ばし――笑っている声が聞こえた。

「え？」

あの血は、赤子のものではない――金恵妃の腕から流れている。よく見ると、左腕に深い切創があり、おびただしい血液が流れていた。

「自分の子が生きているというのに、どうして母親がそんな顔をするんだい？」

「!?」

金恵妃の笑顔が不気味に思われた。心臓が一度《ひとたび》止まり、動悸となる。まるで、戦場で矢が顔の横をかすめたかのように。

遠くからべつの音が聞こえてくる。

馬の蹄だった。

「これを待っていたよ」

金恵妃はかまわず、血ぬれた小刀をかかげた。天蓋に施した仕掛け糸も一緒ににぎられている。

「ご苦労、星光《オドゲレル》！」

勇ましい声が、雀麗宮の階段を駆けあがってくる。

瞬く間に、開いたままの入り口に、黒い軍馬が現れた。駆っているのは、美しい乙女
——目の前に立つ金恵妃と同じ顔をしていた。
どういうことだ？

四

この状況は、どういうことだろう。

青楓はふり落とされないように、しがみつくので精一杯だった。

馬上は激しく揺れ、耳元で風がうなる。通り過ぎる景色が川のように、ながれていた。

「ひゃっ」

馬がなにかを飛び越えた。雀麗宮の池の水を入れ替える小川である。ということは、もうすぐ雀麗宮だ。後宮は広いと言えど、馬で移動すれば、一瞬であった。

「声を出さないで、舌を嚙むよ！」

「は、ひっ」

もう嚙んでしまった。青楓は目の前の華奢な胴体にしがみつく。

青楓は抜け道から、皇城を目指した。

だが、そこから後宮に侵入する人物と鉢合わせたのだ。

いままで、鶴恵宮で会っていた金恵妃は偽物であった。それならば、本物がどこかにい

るのは必然だ。そして、入れ替わらない期間は、本物の金恵妃はどこにいるのか。

本物の金恵妃は後宮の外にいるのだと、青楓は踏んでいた。

後宮の出入りに利用されたのが青楓の見つけた抜け道であり――鉢合わせたのは、金恵妃本人であった。

――ちょうどよかった。翔妃、一緒に来なさいな！

本物の金恵妃は、なんの説明もなく一言。青楓を馬上に引きあげて、連れ去ってしまったのだ。

ずいぶんと強引である。青楓が金恵妃の入れ替わりを見抜いたのを知っている態度であった。

「もうすぐ、雀麗宮だよ！」

金恵妃は、どうやって馬上で舌を噛まずに発音しているのだろう。あとで、コツを聞かなければ。これがわかれば、小説の改稿をせずに済む。

「ま、まってくだひゃい。止めて……」

青楓のほうは、また舌を嚙んでしまった。しかし、金恵妃に言葉は伝わったようだ。金恵妃は不思議そうに馬を止めた。

「はあ……はあ……死ぬかと思いました……金恵妃、おねがいです。私をここへ置いて、さきに行ってください」

「どうしたの？　気分が悪いの？」

金恵妃は不思議そうに顔をのぞきこんだ。金を抱いた灰色の瞳が神秘的で、美しい。

「いいえ……それもありはしますが……やることが……すぐに追いつきます」

「わかった。あなたの言葉は信じよう」

金恵妃は、なんの躊躇もなくうなずいた。

本物の金恵妃と青楓が直接会ったのは、おそらく、花見の演舞のときだ。あのときだけは偽物ではなかったと確信している。

二人はとても短い時間しか過ごしていない。だが、金恵妃は青楓にうなずいてくれた。

青楓をおろすと、金恵妃は馬を駆る。

雀麗宮はすぐそこだ。茶会の開かれそうな部屋もわかる。

「さて」

青楓は懐《ふところ》から布袋をいくつか取り出す。

桃花に準備させた品であった。

「めえぇぇぇぇ！」

作業が終わったころに、ラムラムの声がした。馬の速度には負けてしまうが、主である青楓を追ってきたようだ。やはり、この羊は賢い。もしかすると、青楓に命を助けられた恩を感じているのかもしれない。

「ラムラム、また乗せてくれるかしら？」

「めぇ！」

本当に、いい子。青楓はラムラムの首を優しくなでた。綿毛雲のような体毛が気持ちがいい。そのままなでつづけたい欲求をおさえて、ふたたび、背中に乗る。

早く金恵妃に追いつかなくては。

「ご苦労、星光！」

雀麗宮へつづく橋にたどりつくと、ちょうど、馬上から金恵妃が声をあげていた。

星光と、名を呼ばれた人物——金恵妃の身代わりは、血まみれに見える赤子を抱いて笑っている。蓋頭でかくす必要などないくらい本物の金恵妃とよく似た顔立ちだった。

「な……これは、どういうことだ！」

蘭麗妃が声を荒らげていた。

同じ場所に、似た顔の人物が二人いる。

「どう、と。知れたことだよ、蘭麗妃。わたしが本物の黄花《アルタンツエッグ》、後宮においては恵妃の位をいただく者。あなたが今、謀にかけたのは、わたしの身代わり……その証拠、この目に焼きつけた！」

本物の金恵妃は、そう宣言して一同を馬上から見おろした。

凜と強く澄み、それでいて、よく通る高い声だ。蘭麗妃は信じられないと言いたげに、口を開閉している。

「我が身に罪を着せ、金国との争いを誘発しようとした。あなたのしたことは、すべて見通している。そのために、自分の子を危険にさらすなど……妃嬪としてだけではなく、母親としての資質も疑わざるをえない」

蘭麗妃がなにかを仕掛けようとしたことは、青楓にもわかっていた。しかし、この状況。まさか、蘭麗妃が金恵妃を陥れるために、皇子を危険にさらすとは思っていなかった。

ちがう。目的はそこではないのだ。金恵妃個人を陥れるのが目的ではない。

金国との戦争。

蘭麗妃――いや、蘭氏の目的は戦争にあるのだ。ゆえに、金恵妃に罪を着せ、自分の子すら犠牲にしようとした。

青楓が理屈で考えても、理解できない行動である。

異民族を排斥するという蘭氏の思想に賛同する貴族は多いだろう。その思想が今回の後宮での事件につながっている。紅劉の政で落とした蘭氏の権威を取り戻す目的もあるだろう。

青楓とは、相反するが……利となる人物が多いことも、理解していた。

それでも、そのような理由だけで子を犠牲にしようとする母がいるだろうか？

「なんのことか……我に罪をなすりつけ、陥れようとしているのは、貴殿らではないのか？　だいたい、金恵妃は顔も知れぬ妃であった。貴殿が本物の金恵妃であると、だれが証明する！」

蘭麗妃はひるまず反論した。

たしかに、金恵妃の素顔を見た者がいない以上、この場で証明することはむずかしい。

はむずかしい。

　青楓も、演舞の際に顔の半分を見た程度だ。おなじ人物であると直感するが、証明するの
　だが、金恵妃の表情はゆるがなかった。

「それは、余が証明しよう」

　低く、落ち着いた声。

　あたりが夜のように静まりかえった。

　雀麗宮へつづく橋。ゆっくりと渡ってこちらへ近づくのは、後宮において、否、この国
においての、絶対の存在だった。だれも逆らうことのできぬ、唯一の人物。

　皇帝、朱紅劉、その人であった。

「大家……」

　つい、ぼんやりしてしまったが、青楓はとっさに頭を垂れる。

　あまり関係ない気がするが、羊のラムラムも大人しくさせた。つられて、蘭麗妃やその
侍女たちも頭をさげる。金恵妃も馬から降り、膝をついた。

　この絶妙な機に、都合よく紅劉が現れるなど――できすぎている。そう感じずには、い
られない。

　しかしながら、青楓には思い当たる節が存在していた。

　先日のこと。青楓は紅劉への報告とともに、推測を披露している。

　金恵妃の畑を指導したという、楚氏の娘についてだ。いや、その裏にひかえていた可能

性のある人物。

蘭氏が金恵妃を陥れようとしている可能性だ。

楚氏は蘭氏とつながりが深い。それだけではない。先の戦で命を落とした楚氏の跡取り、楚玖鶯という男は、蘭麗妃が武官だったころの部下でもあった。後宮の侍女たちも、いくつか噂話をしていた。

だが、すべては推測である。

決定的な証拠はなにもなかった。

だから、青楓は「調べてほしい」と、おねがいしたのだ。

なのに――。

これは茶番だ。

決定的な証拠がほしかった紅劉によって、演じさせられた茶番である。いや、考えたのは、碧蓉だろう。

そこに蘭麗妃は引っかかった。

罠にかけられたのは、金恵妃ではなく、蘭麗妃である。

すぐに察してしまい、青楓は寒気をおぼえた。

「おまえは本当に行動的だな」

紅劉の声は、計画を知らず、しゃしゃり出てしまった青楓をたしなめているのか。それとも、言葉どおり「行動的である」と評価しているのか。判断がつかない声音だった。

青楓は、「話してくれていれば、こんなところに来なかったのに！」とは言えず、頭を深くさげる。

「く……」

蘭麗妃の顔がゆがむ。

皇帝である紅劉が、金恵妃を本物であると認めたのだ。

普段から夜伽の多い金恵妃の顔を、紅劉が知らないわけがない。おまけに、この状況は言い逃れることはできなかった。

「……だが」

しかし、蘭麗妃の声から覇気は消えていない。

むしろ、内に秘めていた感情が漏れ出し、声色を染めあげている。

それは怒りのような、憎悪のような。あるいは、両方。

「いま、ここで……我が手で金恵妃を殺害すれば、戦は避けられまい？」

言葉を最後まで発するより先に、蘭麗妃が動いていた。

立派な純白の大袖にかくし持っていた小刀を、鮮やかな手つきで投擲《とうてき》する。刃は陽の光を返しながら銀に煌めき、目標――金恵妃へ吸い込まれていく。

「往生際が悪い！」

いつの間に、武器を抜いていたのだろう。金国製の湾曲した剣をふり、金恵妃は小刀を払い落とした。

金恵妃も戦場を駆けた金国の元武人。不意打ちなど、ものともしていなかった。が、それも予測していたかのように、蘭麗妃は地を蹴っている。一瞬で距離を詰め、金恵妃にせまった。

「あ、あそこには、交ざりたくありませんね……」

そのまま、剣と剣のぶつかりあいとなり、青楓は一歩引いた目線で妃嬪たちを見てしまった。

さすがに、あそこにつっこむと、首が刎《と》ぶ。そそくさと、ラムラムと一緒にうしろへさがろうとした。

「めぇ！」

ラムラムが危険を察知して鳴く。

見ると、雀麗宮の侍女たちがそれぞれに武器を構えていた。

鶴恵宮の生け垣は、金恵妃の本物が出入りするためのものだった。

刺客はどこから侵入したのか……その発想が誤りである。

刺客は最初から、出入りなどしていなかった。彼女たちは、ずっと後宮にいたのだ。その可能性に青楓が気づいたのは、花見の鍛錬を見たときである。侍女の中に、刺客と似た声の者もいた。

「蘭麗妃の鍛えた私兵といったところでしょうか？」

もっと早く逃げていればよかった。と、青楓は冷や汗をかく。

「さがっていろ」

すぐうしろから、紅劉が歩み出た。彼は慣れた手つきで、長い剣を抜く。儀礼用のお飾りの宝剣などではない。飢えたような銀を放つ実戦向きの剣であった。

横顔は研がれた刃のように鋭く、たしかな殺気を放っている。

武人の顔だ。前に見たときは、暗くてわからなかったが……青楓が初めて真近で見る表情だった。

ひかえていた碧蓉も前に出る。

お言葉に甘えるとしよう。ここは、青楓の出る幕ではない。急いで、青楓は橋の向こう側へとさがろうとした。

けれども、それは甘い考えだ。すでに、橋の反対側から蘭麗妃の侍女たちがせまっていた。

「私、こういうのは苦手ですので！」

青楓は言いながら、ラムラムのおしりを叩いた。

ラムラムは青楓を乗せないまま、明後日の方向へ走り去ってしまう。

「いやです！　来ないで！」

叫びながら紅劉のほうへ逃げる青楓を、槍を持った侍女が追う。

だが、その侍女は気づいていなかった。

走り去ったラムラムの足に、縄がくくりつけられていることに。

追ってくる侍女に、青楓は笑みを向けた。

「私、実践で学習しましたので……自分で撃退するなど、無理と理解しておりますとも」

以前は、壺を投げようとしたら、腕力がなくて飛ばないという誤算があった。もうその轍は踏まない。

ラムラムが走ったことで、長い縄が弦のように張りつめる。事前に雀麗宮の柱に結んでおいたのだ。縄に、侍女たちが足をとられて転倒した。

「もうしわけありません！」

起き上がろうとする侍女たちを前に、青楓は袋を傾けた。水筒などの代わりに用いられる革袋だ。

中身は、油である。

橋の傾斜を利用して、青楓は油を大量に流した。

「ええ!?」

「くっ……立てな……ッ！」

ぬるぬるとした油に手足を取られて、侍女たちは立ちあがれなくなってしまった。

おもしろいほど上手くいって、青楓は興奮してしまう。

本当は銃を取り寄せたかったが、後宮内に持ち込むのは不可能だ。蔡倫も、そのような危ない品はあつかっていない。ならば、用いることのできる素材で、なんとかするしかないのだ。

「やりました！　これは小説にも書けます！」

非力な姫がどのように敵を撃退するか迷っていたのだ。これで、姫が一方的に悪漢を返り討ちにする展開が書ける。青楓は両手をあげてよろこんだ。実戦でも使えて、現実味も抜群である。

「この……！」

だが、周りが見えていなかった。

いつの間にか、青楓はふらふらと蘭麗妃の視界に入っていたようだ。

金恵妃との剣戟で、蘭麗妃の白い衣装が一部切れている。脇腹からは、血液も流れていた。

「ひ……」

凄みのある視線でにらまれると、青楓は動けなくなってしまった。このような覇気、いや、執念は初めてだった。燕貴妃から睨まれたときの比ではない。

なぜだ。

計画が露呈した段階で、蘭氏の敗北は見えている。

反逆者として、一族諸共、刑に処されるのは、逃れようがないだろう。皇子も立太子されることはない。ならば、せめて皇帝に慈悲を乞うて、自分や子の命を守るのが賢い選択である。

なのに、蘭麗妃の行動は真逆であった。

自分たちの命など、どうだっていい。

そもそも、彼女は自分の子を危険にさらす計画まで企てている。

我が子が大切ではないのか。自分と皇帝の子が――。

そうまでして、金国との戦争を望む理由が青楓には見えなかった。蘭氏の意向だけで、彼女が動いているとも、思えなかったのだ。

「邪魔だ！」

蘭麗妃が、青楓に刃を向けている。

青楓は動くことができなかった。

こんな気迫に、勝てるはずがない。

「なぜ――」

「耳をふさげ。聞く必要はない」

なぜ、あなたは戦うのですか。そう問おうとした青楓の言葉を両断するように、前に出る影。

紅劉だった。

真っ赤な染料のようなものが、地面に広がる。

「あ……ぐ、ぁ……！」

紅劉の腕の中で、蘭麗妃がもがいていた。口から、泡のような血を吐きながら、美麗な顔を苦悶にゆがめている。

必死で、なにかを言おうとしていた。

その相手は、青楓ではない。いま、蘭麗妃の腹に剣を突き立てた、紅劉であった。

大量の血を流しながら苦しむ蘭麗妃の姿は、おぞましい。だが、同時に、水たまりに落ちた蝶のような美しさを感じてしまう。

「どうして……どうして、戦を止めたのです」

蘭麗妃は絶えてしまいそうな息づかいで、紅劉の胸をつかんだ。彼女の言葉を聞く紅劉の顔は青楓には見えない。

「こんな結末のためにッ！　彼はッ……命を賭した、わ、けでは、な……」

蘭麗妃に刺していた剣を、紅劉は鍵のようにひねる。蘭麗妃はたまらずうめき、口からさらに血を吐く。

遅れて、くずおれる音。

紅劉の足の間から、地面に伏す蘭麗妃の姿が見えた。

「玖……鶯……」

玖鶯？

楚玖鶯の名だろうか。

青楓はたしかめようと、身を乗り出そうとした。しかし、むせ返るような血のにおいに、立ちあがることすらできなかった。

足がすくんでいる。

目の前の出来事に恐怖しているのだと、いまさら、気がついた。

しかし、好奇心だけはある。このようなことは、初めてだ。

「自らだけでなく、子まで犠牲にするなど……そんな悪を、俺はゆるしたくはないぞ」

紅劉の声は静かで、感情が読みにくかった。少なくとも、青楓には読めない。

一方、蘭麗妃は地面に横たわりながら、どういうわけか、微笑んでいた。背筋が凍りそうなくらい優美な表情で、紅劉を見あげている。

「はは……我は愉快で、たまらぬ……我が子を……いいや、貴殿の子を殺すのは、貴殿だぞ……なあ、韋雲龍――」

蘭麗妃の口をふさぐように、二度目の刃を立てたのは、碧蓉であった。思っていたよりも、呆気ない音を立てて――美しい首が転がる。

青楓は小説を書く。

登場人物の生い立ちを書き、やがて、死も記す。

だけれども、知らなかった。

こんなに容易く、人の命は絶ててしまうということを。

それは、文字だけで綴られる物語よりも一瞬で、些細で、造作もないことなのだと、知ってしまった。

物語の中での死は、とても、儚くて、尊くて、残酷だというのに。

蘭麗妃は、最期になにを言おうとしたのだろう。

彼女を突き動かしたものは、なんだったのか。
知りたかった。
しかし、紅劉はそれを聞かせようとしなかったということも、青楓は悟ってしまった。
「大家」
碧蓉に声をかけられ、紅劉は顔をあげる。
蘭麗妃を斬った血の色に塗りつぶされているかのようだった。
無表情で、なんの感情もないように見える。
たったいま、人の命を絶ったというのに。
「大義であった。金恵妃、翔妃」
青楓は考えていた。
蘭麗妃がなにを言おうとしたのか。
紅劉が、なにを思っているのか。
その夜、紅劉は青楓の個室を訪れなかった。

第六幕　愛書妃の答えあわせ

青楓が金恵妃のもとに喚ばれたのは、存外、早い時機であった。

「娘娘、今日もお美しいですよ」

服や髪を飾りつけて、桃花は上機嫌であった。

この働き者の侍女は、主を飾っているときが、一番、生き生きとしている。青楓が後宮に入って引きこもり生活をしていたのは、彼女にとっては不満だったのだろう。と、最近、思うようになった。

「ありがとうございます、桃花」

青楓はおだやかに笑い返した。

「娘娘……たまには、ゆっくりおやすみになってくださいね」

おだやかに笑い返したつもりだったが、そうは見えていなかったらしい。桃花が心配そうに、眉を寄せていた。

彼女には、すべてお見通しのようだ。

「目の下の隈をかくすのは、だれの仕事だと思っているんですか」

青楓の返答を読んだかのように、桃花は頬をふくらます。桃花は「可爱」と言ったら怒るが、本当に「可爱」ので仕方がない。口には出さず、頭だけをそっとなでておいた。

「いってきますね」

「いってらっしゃいませ」

金恵妃の呼び出しは、青楓一人だ。だれにも聞かせたくない案件なのだろうと思う。

青楓はゆるんでいた気持ちを引き締める。

「お待ちしておりました」

自分の個室から出ると、そこには宦官の碧蓉が立っていた。

青楓を待っていたのだ。今回は金恵妃の名で喚ばれたはずだが、どういう用向きなのか悟るのには充分であった。

いや、最初から思っていたとおりだ。

「ご案内いただけますか?」

「こちらへ」

碧蓉の恭しさが鼻についた。どうにも腹立たしいというか、白々しいというか。しかし、文句は言えない。

案内されたのは、以前にも使用した個室であった。庭の東屋のような開けた場所では不都合ということだ。

「待ちくたびれたぞ」

予想どおり、部屋の中には紅劉が座っていた。

政務もあるだろうに、昼間から後宮通いとは精の出ることだ……と、皇城の臣下たちに思われてなければいいが。

「いらっしゃい、翔妃」

紅劉の隣の席に座っているのは——。

「今日は、本物のようですね。やっと、落ち着いて話せそうでうれしいです」

本物の金恵妃であった。蓋頭はつけず、素顔をさらしている。

「ふうん……わたしと星光の区別がつくんだねぇ？」

金恵妃がそう述べると、隣室から入室者がある。金恵妃とまったく同じ顔の人物だ。左腕には、包帯が巻かれている。星光というのが、名前だろう。

「はい。そちらの……星光殿は、金恵妃とは性別もちがいますからね」

そう言うと、金恵妃も星光も少しおどろいた顔をしていた。そんなに意外だっただろうか。

青楓は深呼吸した。

「まず、星光殿は歩き方に違和感があります。女性にしては体幹がしっかりとしており、左右への振れ幅が少ないのです。筋肉がついている証拠ですね。しかしながら、これは武人であった金恵妃の経歴を考えれば、おかしいことでもないでしょう。初見では、違和感で済ませられる事柄です。現に、蘭麗妃やその侍女たちも、似たような歩き方をしておりました。星光殿の場合は、それだけではなく、肩幅のわかりにくい衣装を着ています。大家の気を惹くことが最大の目的とされる、この後宮の妃嬪は、露出を好んでいます。いくら寵妃とは言っても、逆行している気がしまして。ご丁寧に、首元もかくされております。お二人は、このように似ていらっしゃるのに、なぜ、顔をかくす必要があるのでしょう。それはちょっとした仕草で表れる男女のちがいをかくすためではありませんか？」

青楓は一息で述べた。紅劉は案の定、まともに聞いていないようで、あくびを嚙み殺している。もう慣れた。

「そこまで見ていたの？　大したもんだねぇ！」

金恵妃は手を叩いて、青楓の推理を賞賛した。

「主人公の弟が、女装して敵の本拠地に乗り込む展開を考えておりましたので。結局、見つかって蹂躙《じゅうりん》された末に死にますが」

「だから、その展開をだれが望むというんだ」

さきほどまでは真面目に聞いていなかったくせに、紅劉が口うるさく青楓の物語に指摘した。文学を理解しない人間の頭は、本当に残念だ。証拠に、蔡倫も手紙で似たような感想を寄越していた。

「まあ……お二人は、とても似ているので、一見してわかりにくいです。実際、今日は私の名を、金恵妃が翔妃と呼んだので、気がついただけですよ」

星光のほうは、青楓を「翔妃」とは呼ばない。この後宮では、おそらく、呉華妃と二人だけだ。

「星光、そんなに仲良くなったの？」

「はは。ごめんよ、姉さん」

「隅におけないんだから」

　星光は悪びれもなく、にこりと笑った。女性的な顔立ちだが、こうして見ると男性的だ。口ぶりから、姉弟なのだろう。似ているのもうなずける。

　一方、紅劉は腕組みをして、物言いたげに青楓を睨んでいた。

「なんですか」

「解せん。俺も呼ぶ」

「はあ……お好きにどうぞ」

　青楓は名前で呼ばれることに、大したこだわりはないのだが。とはいえ、人生で「翔妃」と呼ばれるようになった時間は短いので、慣れで言えば「青楓」だった。

「というわけで、私は最初から大家を信用するのをやめておりました」

「どういう意味だ」

「どうもこうも……わかりませんか？　あなた、男性の部屋に夜な夜な通っていることになっておりますよ？　それとも、男色趣味がおありでしたか？」

「な……それは誤解だ！」

　本当に、誤魔化すという行為が下手な男だ。青楓は息をついた。

　紅劉は金恵妃を寵妃として、鶴恵宮に通っている。

　だが、実際に金恵妃は、ほとんどの時間を弟の星光と入れ替わっていた。つまり、そこに夜伽などなかったのだ。

加えて、金恵妃が出入りする庭は皇城につづいていた。つまり、皇城から出入りするのを、紅劉がゆるしていたということだ。

男色趣味などと言われて、紅劉は表情を崩して否定している。少しからかったつもりだったが、案外、その手の冗句が通じないようだ。三千人の美女を擁する後宮の主なのだから、もっと、大きく構えていてほしい。

「なぜ、身代わりなど？」

後宮が金恵妃にとって危険な場所なのは理解できるが、いくらなんでも、入れ替わりの頻度が高すぎる。青楓が見ていた限りでは、ほとんど星光が金恵妃として過ごしていた。本物だったのは、花見で演舞を披露したときだけだ。

当初、青楓は金恵妃は女装した男であると思っていた。しかし、花見の際に、男女で入れ替わっている可能性に気づいたのだ。

「金国の武官になる女は、二十まで子は産まないの。出産は妨げになるからね。だから、それまでは好きにさせてもらうというだけの話よ」

青楓の問いに、金恵妃は簡単に答えた。あまりにもあっさりとしていたので、青楓は「はあ」と生返事をしてしまう。

「でも、後宮に入ったのですよね……？」

「ええ、そうよ。だけど、わたしが子を産まなくとも、他のだれかが産むんでしょう？

後宮って、そういうのが便利よね。いずれは、私も産まなくちゃいけないないだろうけど」

金恵妃はまったく悪びれる様子がなかった。

「こいつは、最初から後宮に入る気なんてなかったんだよ」

言葉が足りていない金恵妃の代わりに、紅劉がつけ足した。

「朱国も金国も、和平に合意している。より強固にするためには、黄花の嫁入りは必須だったが……このお転婆は、後宮に入る代わりに条件を突きつけた」

紅劉は半ばあきれた顔でつづけた。

いわく、
必ず自分を四妃以上の上級妃嬪の位に就けること。

身代わりを立て、出入りの自由を保障すること。

この二つであった。

一つ目の条件を呑むのは易かった。紅劉は彼女に恵妃の位を与えることにする。これは個人というよりも、国としての要求だろう。和平を強固にするための嫁入りだ。むしろ、花嫁を蔑《ないがし》ろにすると、両国に亀裂が生じる。

二つ目は金恵妃自身の希望だ。

金恵妃は生粋の遊牧民族である。行動派であり、一つの場所にとどまるのをよしとしない。金国の規則に則り、二十歳までは身代わりを立て、後宮を好きに出入りすることとなった。彼女が二十歳となってから、つとめを果たす約束で。

普通は呑まない条件だ。

けれども、紅劉には呑む理由がある。

彼は後ろ盾となるはずだった韋氏を退け、蘭氏や楚氏など有力貴族からも権力を奪っていた。金国との和平は、新たな後ろ盾を得るためだと考えれば、納得がいく。

戦は朱国が優位に進めていた。それを和平とするのは、金国に都合がよかったはずだ。代わりに、紅劉は金国に自分の身を保障させた。

相互に利のある条件である。また、近年、西域の動きが激しい。朱国の周辺の東方諸国を植民地化しようとする動きもあった。対抗策として団結するのは、生き残るためにも必要でもある。

朱国は大国だが、慢心はできない。

「決まりとはいえ、本当に二十歳まで子を産まない女は少ないのよね。たいていは、周りからの圧力に負けて、武官をやめさせられて結婚するの。そういうの、うるさかったから。ここにいれば、少なくとも二十歳までは自由の身でしょう？　天国よね」

後宮を自由に出入りしてもよく、さらに、紅劉は約定により二十歳までは金恵妃に子を求めない。なるほど、その条件を見れば、金恵妃は最適な環境を手に入れたことになる。

金国から嫁いだ悲劇の妃のように思っていたが……彼女も青楓と同じように、後宮を満喫する人種のように見えた。

「もともと、後宮で大人しくしてくれるとも、思っていなかったからな」

紅劉はこともなげに述べる。こうも容易に答えられると、すがすがしい。

「まあ、俺にも利はあるからな」

「……それは、怠慢と呼ぶのでは？」

紅劉の言う「利」の意味を察して、青楓は息をつく。

「皇帝が後宮に入り浸るのは、こまりものですが、世継ぎを増やすことが求められるのも必然です。適当に訪れては、鶴恵宮を寝床にしないでいただけますか？　後宮がなにを行う場所か、わかっておりますす？」

金恵妃は偽物で、しかも、身代わりは男だった。

通うことで、世継ぎを作れとうるさい臣下の目を誤魔化しつつ、自分は安眠場所を得るわけだ。

紅劉が金恵妃を寵愛していた理由が、これである。

「わけのわからん小説を書くために後宮入りした、おまえにだけは言われたくないぞ」

「それとこれとは、べつです。後宮に男は大家しかおりませんが、私よりも美しく、才能にあふれた美女は何千人もおります。一人くらい、私のような妃がいても問題ありません。おつとめは私以外の妃が果たしますので」

「屁理屈だ……本当に、おまえは俺のあつかいが、ひどい」

何人もいる妃嬪と、一人しかいない皇帝を同列に並べられてはこまる。まるで話にならない。

「慣れたのでは？」

「慣れた。が、たまには、優しくしようとは思わないのか？」

「思いませんね。大家を甘やかす役割は、他におまかせします。私、碧蓉殿のように、大家を溺愛しておりませんので」

「その言い方も、誤解されそうで嫌だぞ」

青楓は肩をすくめた。なにがおかしいのか、そのやりとりを聞いて、金恵妃が笑い声を漏らしている。

「まあ、よい。座れ」

そういえば、立ったままだった。

ここからが、本日の本題か。

「蘭氏は処した。一族郎党」

紅劉の口調は淡々としていた。あまりに淡泊で、寒気がするほどに。さきほどの彼とは、べつの人格のようだ。

否、きっと、作っているのだろう。

これは、皇帝としての紅劉の顔だ。

幼いころから、二つの名で育ってきたゆえの、ゆがみのようなものが見えた気がする。

彼は名とともに、二人の人間を抱えているのではないか。

「……皇子は？」

青楓は愚問だとわかっていながら、問う。

「一族郎党、と言った。例外はない」

紅劉は、あまりに淡泊に返した。

「楚氏は」

「無論」

ああ、そうですか。青楓は返事もせずに、ただ聞くことにした。

「おまえの功績だ」

おまえの所業だ。そう、言い換えられるような気がした。そうではないとわかっているが——。

青楓は紅劉に一つの推理を述べた。

蘭氏が楚氏と結託して、金恵妃を陥れ、金国との戦争を再開させようとしている、と。その決定的な証拠を得るために、金恵妃と紅劉はわざわざ雀麗宮での茶番を演じたのだ。

青楓の告発。いや、推測がなければ、事態は動かなかった。

「わからないことが、いくつか」

「それを聞く立場に、おまえはない」

「教えていただかなくても結構です。代わりに、聞いてくだされば」

青楓は凜として引き下がらなかった。

「蘭麗妃の毒味役が亡くなった件ですが……自作自演とは思えません。むしろ、彼女が事を急ぐよう、だれかが仕向けた。そう、考えるのが自然かと」

異例の出世を遂げた青楓の存在は、四妃たちの動揺を誘うには充分だった。

だが、蘭麗妃があのように事を急いだのには、まちがいなく、毒味役の死亡があったはずだ。

青楓の推測を聞いたあとに、紅劉が毒を盛れと命じた。わざわざ、阿片を使用して。蘭麗妃が噂をながすかどうかも、見ていたのだろう。そう推理するのが、自然である。

紅劉は肯定とも、否定ともとれる沈黙を貫く。

つまり、そういうことである。青楓は話を進めることにした。

「そして、もう一つ。蘭麗妃が、あそこまで金国との戦を望んだ理由です」

回答を待たないまま、青楓は一人で語る。

紅劉はいつものように、聞き流してはいなかった。

「楚玖鶯という男を調べました。蘭麗妃が武官であったころの直属の部下で、楚氏の跡取り……さらに、彼女の元許嫁でした。金国との戦いの最中に亡くなっております」

資料は、青楓が個人的に調達できるとは思えなかったため、呉華妃を頼った。といっても、楚玖鶯の略歴程度しか手に入らなかったが。

「後宮の侍女たちが話してくれましたよ。お二人は仲睦まじい間柄だったそうですね」

蘭麗妃と楚玖鶯の関係は良好だった。おなじ軍の主従としても、そして、許嫁としても、だ。

「戦場で、蘭麗妃の隊は孤立したそうですね。玖鶯殿の騎馬隊が殿《しんがり》をつとめたと、聞いていいます。どこまで本当かは存じませんが、たまには書物を離れて、人の話を聞いてみるものですね」

青楓は金恵妃に視線を移した。

金恵妃は涼しげな笑みのままだ。

「その侍女たちは、こうも言っていなかった？　蘭麗妃を追い詰めた金国の将は、わたしだった、と」

その話も、聞いた。

だが、兵部の資料を閲覧できない青楓には、たしかめようがなかった。

「確証がなかったので」

「そうね。わたしも、おぼえていない。そうだったのかもしれないし、ただの与太話かもしれないね」

金恵妃は手元の茶を一口たしなむ。そのあとで、青楓にも飲むよう勧めた。毒などないから、安心しろという合図にもとれる。

青楓も青い陶器に口をつけた。

「実際に、そういう場面に遭遇する機会は、いくらかある。もしかすると、わたしが件の彼の頸《くび》を落としている、かも？」

金恵妃はどこまでも可憐な乙女だった。

猛々しい武の将になど見えない。それなのに、冷たい氷でしつらえた剣を向けられている気分になる。

「でも、おぼえていない。蘭麗妃のほうは恋人の仇だと思っていたのかもしれないけれど、そんなものは、わたしには関係ないからね。小説だったら、とてもつまらない展開というやつよ。でも、現実なんてそういうもの」

そうだろう、と、青楓は納得した。

実際に戦場を見たことなどないが、納得してしまう。いや、納得させられた。

きっと、そうなのだろう。金恵妃は、とぼけてなどいない。

本当に知らないのだと思う。興味もない。そういうものなのだ。名のある将であれば、討ち取れば手柄になるが、楚玖鶯はちがう。

金恵妃にとっては些事。

「だから、本当に彼女は、憐れね」

臆面もなく、そんなことを言って金恵妃は目を伏せた。笑っているようにも、嘆いているようにも見えたが……真意は読めない。

憐れ。

本当に、そうなのか。

蘭麗妃は、死の寸前に笑っていた。

彼女は美しい妃嬪であったが……青楓には、血にまみれて笑うあの瞬間こそが、一番美しかったように思えてしまった。なぜだろう。

その理由に行き当たって、青楓はもう一度口を開く。

「――――」

だが、紅劉と目があい、言葉は発せずに留めた。

これは、ここで暴くべき推測ではない。

「さて、青楓。気は済んだかな？」

青楓の答えあわせにはつきあった。そう言いたげに、紅劉が几に肘をつく。

「まあ……はい」

「歯切れの悪い返事だな」

「趙華妃が亡くなった件も、襲撃の件も、大家は金恵妃の仕業ではないと知っていたわけですよね？」

紅劉は金恵妃たちの入れ替わりを知っていた。野放しにしているとも考えにくい。ある程度の行動は把握していたはずだ。

それに、彼女が白だと確信していなければ、雀麗宮の茶番は成立しない。手口がまったく異なる二つの事が無条件に結びつけられていた理由も、納得する。

「私の身の安全を保障するというお約束は、守っていただいていたようですね。疑って、もうしわけありませんでした」

青楓の部屋を鶴恵宮に移したのは、金恵妃の犯行ではないと紅劉が知っていたからだ。

彼は青楓に金恵妃の身辺を探れと命じたが、実際のところ、その必要はなかった。

青楓が命令どおりに動かなくとも、四妃を動揺させるには、充分だ。また、鶴恵宮にいれば、瑞花宮よりも身の安全は守られるだろう。

予防線はしっかりと張られたうえでの配置であった。考えたのは碧蓉かもしれないが。

「なんだ、おまえ……俺が約束を違《たが》えると思っていたのか。それは、心外だ。青楓から言われた言葉の中で、一番傷ついた……」

「他にも、もっとありましたよね？　そこで傷つくのですか？」

「そんな気もするが……俺はそんなに、信用ならないかね？」

紅劉は傷ついているようにも、苛立っているようにも見える目で青楓を睨んだ。

はっきり述べると、最初の嘘のせいで信用度は地の底だった。青楓が過剰に警戒していたことは認めるが、紅劉だって、手の内を見せていなかったのだ。お互い様である。

いま思うと、青楓に情報を与えすぎなかったのは、知りすぎることを防いでいたのかもしれないが。要らぬことを知ってしまうと、危険もともなう。

「おまえはよくやったよ。やりすぎたくらいだ。いまから、後宮など抜けて官吏にならないか？」

「お褒めいただき、光栄です。でも、官吏はごめんです」

官吏になどなってしまったら、小説を書く時間がなくなる。それは、こまるのだ。青楓が今回の件に関わったのだって、自分の生活を守るためだ。政をしようという気はさらさらない。

「もったいない。後宮を出るなら、ゆずっていただこうと思ったのに」

ため息とともにつぶやいたのは、星光だった。

ずっと、金恵妃に成り代わって青楓と過ごしていたのは、彼のほうだ。たしかに、後宮を出るなら尼寺に行くよりもいいかもしれない。

身代わりとしてだったとはいえ、星光の性質は嫌いではなかった。官吏になるのは嫌だが、小説を書ける環境と待遇を用意してくれるのならば、彼に嫁入りするのも悪くないだろう。

青楓がそんなことを思っていると、茶の陶器を乱暴に几に置く音がひびく。

「だれがくれてやるか。だいたい、おまえは俺の臣下ではない」

紅劉はあからさまに顔をゆがめながら、星光に言い放った。

星光はにこやかで涼しげな笑みを浮かべて、ながしているように見える。肩をすくめながら「残念です」と、言った。

あまり残念そうには見えない。

「後宮の妃など、いくらでも転がっていますけど。私、小説が書けるなら、どこでもいいですし」

妙な独占欲を発揮している紅劉に、青楓は息をついた。

「そういう問題ではない。おまえのような……いや、その。優秀な人間を他人になど渡せない。ましてや、こいつは朱国の人間ではない。そうだ。人材の流出は防がなければならないだろう」

歯切れの悪い断りだ。部屋のすみで碧蓉が、こちらにも聞こえるような声で「大家……」と嘆いていた。

「はあ……」

青楓は、子供を見るような目で紅劉をながめてしまった。

「おい、青楓。此度の報酬は、なにがいい。述べてみろ」

なんでもいいぞ。紅劉は自信ありげに口角をあげた。

そんなものは、最初から決まっている。

青楓は面倒くさいと思いながら、こう告げた。

「創作活動を継続させてください」

終幕　愛書妃は静かに暮らしたい

一

　後宮における妃嬪の朝は早い。

　まずは朝儀のために、無駄に高価な襦裙に袖を通す。笑顔の侍女がはたく白粉を吸い込むと、朝餉も不味く感じた。

　というより、なぜ、青楓は朝儀の支度などしているのか。

「おかしい……絶対に、こんなのおかしいです……！」

　桃花に化粧をされながら、青楓は頭を抱えた。

「青楓、早く行こうよ。ねえ、青楓」

　部屋の外からは、楽しそうな金恵妃――否、身代わりの星光の声が聞こえた。青楓を朝儀に誘うため、わざわざ迎えにきたのである。

　この状況は、なんだ。意味がわからない。

「ああ、翔妃……ようやく、まともに……そして、ご立派になって……！」

　感涙しているのは、女官の紫珊だ。今回の事件が解決したので、ふたたび、青楓付きになった。

「娘娘！　動かないでください。御髪が崩れます」

「た、桃花……ほどほどで、よいのですよ？　もう目立つ必要などないのですし……ああ、体調不良で朝儀も欠席しま——」

「なにを言っているのですか、娘娘！　今朝、鶴恵宮の下女どもが娘娘の噂をしておりました。引きこもりで年増の無精者などと言われ、この桃花はくやしかったのです！　娘娘はこんなにお美しくて、聡明で、優しい最高のご主人様なのに！」

「いえ、桃花。私が年増で無精者なのはまちがいないし、むしろ、引きこもりたい——」

「さあ、娘娘！　できました！　これで、どの妃嬪にも劣らぬ美女にございます。最高です！　完璧です！　どうぞ、そのお姿を見せつけていらしてくださいませ！」

青楓の話に聞く耳を持たず、桃花は鼻息を荒くした。

「めぇぇぇぇ！」

なぜか、同調するようにラムラムも鳴いている。

どうしてこうなってしまったのか。

星光に手を引かれながら青楓は叫びたかった。

すべてが上手くいっていた。

青楓は上手く立ち回った。

事件は解決したではないか。

「青楓、行くよ」

じりじりと部屋へ戻ろうとする青楓を、星光がしっかりとつかんだ。男だと知っているせいか、姉を真似た口調が、少々不気味に思える。

「きょ、今日は、体調が……」

「とてもきれいだよ。わたしのためにお洒落をしてくれて、うれしいな」

「ち、ちが……」

「みんなにも見せないと、もったいないよ」

そんなことを言いながら、星光は青楓の手を引いて輿に乗る。化粧を褒められると、付き添っていた桃花もうれしそうだった。

「青楓！　やっと来たか！」

朝儀の会場へ辿り着くと、今度は、幼くて黄色い声が飛び込んできた。嫌な予感がしていたが……ふり返ると、呉華妃が仔狗のように駆け寄ってくる。

「待ちわびておったぞ！　のう、青楓。今日は妾と茶をしてくれるであろう？　読み方のわからぬ書があるのじゃ」

宮ごとに妃嬪たちはあつまっている。にもかかわらず、呉華妃は鶴恵宮の青楓に歩み寄ってきた。そして、乞うように青楓の袖を引く。

「今日、青楓はわたしとお茶するの」

星光が反対側から、青楓の手をつかむ。

「ちがうのじゃ！　妾とするのじゃ！」

呉華妃も対抗する。

どちらも嫌ですけど……!

私は!　静かに!　小説を!　書きたいのです!

そう、心で叫びながら、青楓は妃嬪たちの喧嘩を聞かされつづけていた。

たしかに、後宮で青楓の身を守るためには、心強い味方が必要だと思ったが……これはちがう。なにかが、ちがう。こんなものは望んでいない。

「…………!」

どこからか、視線を感じる。

この悪寒が走るような視線には、おぼえがある……周囲を探ると、その主がこちらを睨みつけていた。

「ひっ」

思わず、青楓は息を呑んだ。

鶯貴宮の妃嬪たちがあつまる中心。群青の襦裙をまといながら、漏れ出る色香をかくしもしない。だが、その胸焼けがしそうな艶は、すべて憎悪に変じていた。

燕貴妃だ。

憎悪の感情が以前よりも増しているような気がする。燕貴妃は奥歯を嚙む音を立てながら、「おぼえていなさいよ……!」と訴えていた。

燕貴妃の視線から逃れるように、青楓は身体を反転させる。

「このような……生活……」

平穏な創作生活を楽しみたいのに。

それだけなのに。

せっかく、静かな創作活動を満喫できるはずだったのに。

「望んでおりません！」

二

「そうは言われてもなぁ」

個室で、青楓の抗議を聞いた紅劉は、無責任な返答をしながら、あくびをしている。

この男は、この男で、また悪びれることなく部屋を訪れていた。

皇帝がどの妃嬪の部屋を訪れるか、後宮中が注目するところだというのに。事件も終わって、報告することなどなくなったというのに、だ。

「もう充分に目立ってしまったあとだからな。元通りにするのは、さすがに俺の力を使っても無理だろうさ。おまえ、頭がいいくせに、そんなこともわからなかったのか？　やりすぎたんだよ、おまえは」

「そうは言いましても！　せめて！　四妃から絡まれないようにしてくださいませ！　あと、目立ちますから、大っぴらに部屋へ来ないでください！　迷惑です！」

「そう、それそれ。その雑な感じが嫌いではないぞ。皇城だと、まず聞かない言葉だ」

「あなた、気づいていませんけれど、それは、やはり被虐趣味と呼ぶべきだと思いますよ！」

「だから、ちがう！　断じてだ！」

紅劉の言うとおり、青楓は大いに目立った。

いや、目立ちすぎてしまったのだ。

それに、金恵妃や、呉華妃に気に入られてしまった。燕貴妃にだって、目をつけられている。もう遅い。

「お部屋を戻してください。そうすれば、金恵妃も気軽に迎えに来られなくなります！」

「それはいいが……いいのか？」

紅劉はうなずきながらも、苦笑いする。彼は部屋の中を、ゆっくりと睥睨《へいげい》した。つられるように、青楓も部屋をながめる。

壁を埋め尽くすように積まれた書物。広かったはずの部屋は、すでにおさまり切らないほどの資料で埋まっていたのだ。青楓以外が触れれば、崩れてしまうだろう。

青楓の足元には、羊のラムラムがすり寄ってきている。

この増えすぎた書物を、瑞花宮の個室に仕舞うのは不可能だ。おまけに、あそこには妃嬪たちが自由に使える庭もない。ラムラムを飼えなかった。

さらに、金銭とは人間を狂わせる。

いままでよりも給金があがったのをいいことに、青楓はすっかりと贅沢をおぼえてしまった。

以前より、資料を躊躇なく買っている。蔡倫が手に入れにくかったものも、たいていは、呉華妃に頼めば容易に調達できるようになった。

そして、これは蔡倫からの手紙で知ったが――青楓が長い時間をかけて完結させた超大作。桃花を原型とした少女、永花を主人公とした冒険活劇が、貸本屋の公募に落選したという連絡が入ったのだ。

講評には「駄作」と書かれていた。まったく小説を理解していない最悪の審査員に当たってしまったようだ。不運である。

最低だ。地獄だ。

まだ後宮を出るわけにはいかない。

妃嬪としての生活をつづけながら、作家を目指さなければいけないのだ。

「これも、兼業作家のつらさ……」

青楓は肩を落としながら、現状を受け止めるしかなかった。

だが、ここであきらめられない。

今度は、島国で精霊をあやつる巫女姫《シャーマン》の話を書くのだ。これは最高の傑作になるだろう。

そういう予感しかしない。

昼間の創作時間は減ってしまったが、紅劉からもらった洋燈のおかげで、夜の執筆が快適になった。次こそは、作家として世に名を知らしめてやる。

「俺も、瑞花宮だとくつろげないからなぁ」

紅劉は大きなあくびと、伸びをする。

「どうして、私の部屋で大家がおくつろぎになるのです」

「だって、そういう約束だろう？」

紅劉は勝ち誇ったように、嫌みな顔で笑った。

「俺の安眠を保障すると言ってくれただろうに」

「それは……！」

言ってしまった。思い切り、青楓から提案した。

「で、でも……金恵妃のところへ行ってください！　いままで、星光殿と入れ替わっているときに、そうしていたのでしょう？」

「妃一人のところにだけ通いつづけているとなぁ……不公平だと、うるさい輩もいるからな。あいつとは、子供もできんし」

「その意見は真っ当なので、他の妃嬪と、まともに夜をお過ごしください。いくらでもおりますでしょうに。燕貴妃は、いかがです？　大家との情事に満足できず、官能小説を愛読していますよ」

「え、燕貴妃……か……うーむ」

提案に、紅劉が不自然に目線をそらしてしまう。なにがあったというのだろう。とても顔色が悪かった。

「もしかして……不発だったとか」

「莫迦を言え。ちがう。ちがうぞ！　なにを想像しているのだ、おまえは。そういうことは、なにもなかったぞ！」

紅劉は勢いで否定するが、やがて、自分の失言に気づいた。

「なにも、なかったのですか？」

「……眠気に負けた。着替えと化粧が異様に長かったのだ。俺だけのせいではないぞ」

紅劉は観念したように顔を手で覆い、息をついた。

「それ以来、燕貴妃と顔をあわせにくくなってな……とにかく、圧がすごいのだ、あの妃は」

この男、他の妃嬪のところで寝落ちした前科があったのか。しかも、よりによって、燕貴妃である。自分の美貌に、なによりも自信を持っている後宮随一の美女ではないか。

あの並々ならぬ憎悪は……そういうことだったのか。官能小説を読みあさっている理由にも、納得がいく。

だったら、素直に紅劉を恨んでほしいものだ。

「お察ししますが、完璧に自業自得で擁護できません」

「辛辣だ。俺が不眠だと、こまると言っていたではないか」

「そのせいで、私が燕貴妃に恨まれているので」

「では、ちょうど空いた麗妃をやろうか？　青楓も四妃にあがれば、燕貴妃も容易く嫌がらせできないと思うぞ。俺も広い寝台で眠れてうれしい」

あきれる男だ。これで皇帝なのだから、ため息しかない。嘘も苦手だが、女のあつかいも、不向きだ。金恵妃や呉華妃に好き勝手させているのも、そこに起因しているのではないか。

だが、悪政は敷いていない。むしろ、いまのところは善政だ。かならず、朱国の歴史に名を残す皇帝となるはずである。それはまちがいない。

「私が麗妃などと……また陰謀に巻き込まれるかもしれません。もう嫌です」

「皇后も空いているぞ」

「絶対に、嫌です！」

「位を与えると言って、拒むのはおまえくらいのものだぞ……青楓なら、大丈夫だろう。上手くやったじゃないか」

「たまたまです」

実際、蘭麗妃に刃を向けられたとき、青楓は動くことができなかった。

呆けてしまったのだ。

背筋が凍るような死の予感が、いまでもよみがえる。

あんな思いは懲《こ》り懲《ご》りだ。

懲り懲りなのだ。

あんな――。

死に際の蘭麗妃を思い出し、青楓は、ふと紅劉を見据える。

蘭氏と楚氏は、一族郎党処罰された。その言葉に、嘘はないのだろうと確信する。他でもない紅劉ならば、そうすると、思うからだ。

彼は皇族として、皇位継承者に名乗りをあげる前、べつの名の男であった。先帝の治世で謀反の罪を着せられ、一族皆殺しとなった周氏の生き残り。密かに、韋氏として育てられていた。

そんな男が、蘭麗妃の子を生かすはずがない。いずれ、牙となって自分に向かってくるからだ。

だが、それは――おそらく、蘭麗妃が最期に笑っていた理由だ。彼女が最期に仕掛けた悪あがきのような復讐だと思う。

蘭麗妃の産んだ皇子は、紅劉の子でもある。

それも、自分とほとんど同じ境遇になってしまった子だ。子供に罪はなく、ただ、そういう宿命であっただけ。

紅劉に、その子を「始末しろ」と命じさせることが、あるいは、部下からの報告を聞かせることが、蘭麗妃の復讐だったのだ。

他ならぬ紅劉に、子を殺させたかった。

青楓は色恋など、知らない。ただ、それが人を惑わせるものだとは理解している。蘭麗妃も、その一人だ。彼女は蘭氏の意向ではなく、自分の復讐のために命をささげた。自分の子まで利用して。

楚玖鶯がどのような男だったのか、青楓にはあずかり知らぬところだ。けれども、蘭麗妃は死んだ男のことを、ずっと想っていたにちがいない。そして、金国を、金恵妃を憎んだにちがいない。

同時に、金国との戦争を続行せず、和平を選んだ紅劉のことも憎んでいたのだろう。もしかすると、後宮に入ったのも、最初から——。

この推測には、答えあわせは必要ない。

目の前の皇帝陛下は回答をくれる気はないだろう。

それに、青楓は蘭麗妃を憎んではいないが、好きでもない。自分の子を道具のように使う行為も、毛嫌いするところだ。

改めて、青楓が紅劉に答えあわせを求めるのは……蘭麗妃を手伝うような気がして、癪だった。

ただそれだけのことだ。

「危なくなったら、また身を挺して守ってやるさ」

青楓の思考など知らず、紅劉は軽々しく笑った。なんとなく、あの件以来、彼は前よりもよく笑うようになったと感じる。

それを前向きにとらえるか、うしろ向きにとらえるかは、青楓の自由だろう。

「はあ？　莫迦も休み休み言ってください。あなたに死なれたら、こまると言っているでしょう。私は、これから朱国の文化の発展に貢献したいのです。いまは少々落ち着きがありませんが……そ、そのうち、金恵妃や呉華妃も飽きるでしょうし……とにかく、大家には健康のまま長生きしてもらわなくてはなりません。いまの文化的な朱国の生活を変えてもらってはこまります」

「それが皇帝に守られる妃の態度なのか」

「いいですから、寝るのなら寝るで、早くおやすみください。お身体にさわります」

約束は約束だ。青楓は紅劉の安眠を保障してしまったのだ。しょうがない。

「あと、私……書き物をしているときは、結構集中しているつもりです。お部屋で、大家が都合の悪い寝言を言ってしまっても、たぶん、聞こえませんから」

「……まるで、俺の寝言がうるさいみたいな言い方だな。失敬だぞ」

「いちおう、優しくしているつもりですよ。おやすみなさい」

遮断するように、青楓は寝室を区切る扉を閉めた。

「――ああ、ありがたいよ」

紅劉は扉越しに、一言だけつぶやいた。耳を澄ましても、それ以上、とくになにも聞こえなかった。

「さて……」

青楓は、あらためて、几に向かった。
お気に入りの片眼鏡をかけると、気が引きしまる。
硯で墨をするいい香り。
紙の触り心地。
洋燈の灯がゆれた。
新しい物語のにおいは、とてもいい。
書き出しは、もう決まっている。青楓は迷うことなく、筆をすべらせた。

很久很久以前、あるところに――。

本書は書き下ろしです。

執筆中《しつぴつちゆう》につき後宮《こうきゆう》ではお静《しず》かに

愛書妃《あいしょひ》の朱国宮廷抄《しゆこくきゆうていしよう》

田井《たい》ノエル

2019年11月5日初版発行

発行者……………千葉 均
発行所……………株式会社ポプラ社
〒102-8519 東京都千代田区麹町4-2-6
電話……………03-5877-8109(営業)
03-5877-8112(編集)
フォーマットデザイン 荻窪裕司(design clopper)
組版・校閲 株式会社鷗来堂
印刷・製本 中央精版印刷株式会社

ポプラ文庫ピュアフル

ホームページ www.poplar.co.jp

N.D.C.913/302p/15cm
ISBN978-4-591-16472-3
P8111288